L.M.R.
Winterwein von Wystbach

Eine Novelle aus der Welt der Fünf Paladine

AF235418

L.M.R.

WINTERWEIN
von
WYSTBACH

Eine Novelle
aus der Welt der Fünf Paladine

Herstellung und Verlag: BoD – Books on
Demand, Norderstedt
ISBN: 9783756807543

Erste Auflage Dezember 2022

Cover by Tobias Kolbinger & Luis Rimmel

Für
Martin Luther King Jr.,
Malcom X
& Rosa Parks

»I have a dream that my four little children will one day live in a nation where they will not be judged by the color of their skin but by the content of their character.«

Martin Luther King Jr.

»Any time you beg another man to set you free, you will never be free. Freedom is something that you have to do for yourselves.«

Malcom X

Wystbach

Stadt der Muße, der Kunst, der Poesie, der Liebe und des Weines. Heimat der Barden, der Dichter, der Philosophen und der Virtuosen. Sitz der renommierten Akademie von Wystbach, wo Wissen und Weisheit gleichermaßen gelehrt werden, und Residenz des großen Adelsgeschlechtes der Herren Mettl, der Könige von Solien. Ein Hafen der Eintracht und der Glückseligkeit. Lang lebe Wystbach in seiner anmutenden Pracht und Gott segne seinen exquisiten Winterwein!

Falimir F. van Farloth über Wystbach – *849*

Artikel 11: Magisches Praktizieren

(1) Das Praktizieren einer jedweden Form von Magie, Zauberei oder Hexenkunst ist verboten.

(2) Dazu zählen – jedoch nicht ausschließlich – jedwede Formen von Astralmagie, Blutmagie, Elementarmagie, Heilmagie, Mentalmagie, Naturmagie, Ritualmagie, Schutzmagie, Sexualmagie, Sigillenmagie, Schamanismus, Voodoo, Invokation, Evokation, Maleficium, Goëtie, Aeromantie, Aquamantie, Pyromantie, Oneiromantie, Ovomantie, Nekromantie, Telepathie, Telekinese, Wahrsagerei, Hellseherei, Hexerei und Gestaltwandlung.

(3) Ein Verstoß wird – je nach Ausmaß des Vergehens – mit einem hohen Bußgeld, einer Freiheitsstrafe oder auch der Todesstrafe geahndet.

(4) Das Assistieren oder Anstiften magischer Individuen bei oder zu derartigen Praktiken wird auf gleiche Weise geahndet.

(5) Veranstaltungen oder Versammlungen unter Magie praktizierenden Individuen sind ebenfalls verboten.

Verfassung der Stadt Wystbach
Version aus dem Jahre 983

WYSTBACHER KURIER

6. Nequin.III 1000

Am heutigen Donnerstag, dem 6. Tage des dritten Nequins 1000, ereignete sich eine dramatische Begebenheit auf den Straßen unserer schönen Stadt. In den frühen Morgenstunden ebendieses milden Herbsttages wurden die Bewohner des Quarzbezirks in Aufruhr versetzt, als der Schall einer Explosion das Stadtviertel erschütterte und jedermann sofort aus dem Schlaf riss. Der Ursprung der Detonation lag in den Mauern der hochangesehenen Dracûl-Bank, deren Tresortür man mit Hilfe eines alchemistischen Sprengstoffes aus den Angeln gejagt hatte, um das hart erarbeitete Gold der anständigen Bürger dieser Stadt zu stehlen.

Daraufhin lud der bisher nicht identifizierte Räuber seine Beute auf eine kleine Kutsche und versuchte die Flucht aus der Stadt über das Tor von Messmer. Selbstverständlich stand unsere tüchtige Stadtwache sofort am Tatort zur Stelle und lieferte sich mit dem Übeltäter eine ereignisreiche Verfolgungsjagd. Während der Räuber auf seiner Flucht rücksichtslos Stände, Wagen und Zäune demolierte, gerieten ihm die tapferen Männer der Stadtwache immer näher auf die Fersen. Kurz bevor sie ihn jedoch erreichen und gefangen nehmen konnten, nutzte der Räuber Augenzeugen zufolge einen Zauber, um einen Torbogen über ihm zum Einsturz zu bringen, welcher der Stadtwache den Weg versperrte und ihm die Flucht ermöglichte.

Bis jetzt ist leider die wahre Identität des Schurken nicht geklärt, doch seine schandhafte Nutzung verbotener Magie lässt die Behörden umso tüchtiger auf Hochtouren arbeiten, um dem auf den Grund gehen zu können. Nach den heutigen Ereignissen sollte ein jeder anständige Bürger Wystbachs sich in Acht vor Magie praktizierenden Individuen nehmen und jeden Hinweis sofort an die Wache melden. Vielleicht ist diese Gesellschaft im Untergrund unserer Stadt doch gefährlicher als wir dachten.

KAPITEL 1

»Sie werden uns zum Schluss noch zu Fall bringen!«, donnerte Regent Helirus Goebellin und schlug kräftig auf die runde Tischplatte, sodass sein rabenschwarzer Ziegenbart aufgebracht umherwackelte und sein ebenso schwarzes, schulterlanges Haar wie ein Vorhang vors kantige Gesicht fiel. »Ja, umbringen werden sie uns alle! Jetzt haben sie es endgültig zu weit gebracht, Regent Wyonard, endgültig zu weit! Über Jahre hinweg haben wir die Existenz dieser Missgeburten akzeptiert, haben so getan, als würden sie einfach nicht existieren, und haben sie in den Untergründen unserer schönen Stadt unbehelligt ihr schmutziges Dasein führen lassen. Doch jetzt haben diese missgebildeten Kreaturen eine Schwelle überschritten, nach der selbst die Akzeptanz ihr entschiedenes Ende findet. Wir müssen handeln!«

Direkt neben ihm rückte Regent Benedikt Petrovit erschüttert seine violette Mitra zurecht, die ihm durch den Wutanfall seines Kollegen beinahe vom Kopf gefallen war, und spitzte dann seine dünnen Lippen. »Auch wenn der werte Regent Goebellin als Mitglied der Roten Partei nicht immer die Ansichten meiner Violetten Partei widerspiegelt und ich Euch garantieren kann, Regent Wyonard, dass sein Temperament einem Mann wie mir nicht im Geringsten zusagt, muss ich mich dennoch in dieser Sache wohl auf seine Seite stellen. Dieser Vorfall geht zu weit und übertritt die Grenzen der Toleranz und auch die der Akzeptanz. Selbst ein Mann wie meine Persönlichkeit kann nicht ahnen, wohin all das noch führen könnte. Möglicherweise selbst die Anomie! Wir müssen handeln, so wahr uns die Götter helfen.«

»Verzeiht mir die Unverfrorenheit, meine werten Herren, aber Eure Befürchtungen sind nichts weiter als übertriebene Hysterien.«

Als sie diesen Kommentar vernahmen, bliesen die zwei alten Regenten sich augenblicklich vor Entrüstung auf – ihre Köpfe färbten sich karminrot und sie begannen, in ihrem Stolz gekränkt, sich indigniert zu artikulieren. Regent Goebellin ballte vor Zorn die Fäuste, während Regent Petrovit sich mit einem entsetzten Ausdruck seines Gesichtes mit der Hand aufs Herz fuhr. »Was erlaubt Ihr Euch eigentlich?«, prustete der Regent der Violetten Partei aufgebracht. »Fräulein Rosenberg, Ihr habt das Privileg, der Sitzung dieses Stadtrates beizuwohnen, das gibt Euch aber sicherlich nicht das Recht, uns Regenten so unverschämt ins Wort zu fallen. Wir sind hier ein Rat angesehener Männer, die sich nicht von einer jungen Dame wie Euch derart respektlos behandeln lassen.«

»Ihr habt dazusitzen und einfach nur zu schweigen«, fügte Regent Goebellin zornig hinzu. »Wir lassen uns hier von einem einfältigen Weib wie Euch nicht über unsere Einschätzungen belehren. Ihr seid Regent Wyonards Praktikantin, nicht mehr.«

Ein gereiztes Schnauben ertönte und die kleine Dame am anderen Ende des Tisches verschränkte verärgert die Arme vor dem straffen Stoff ihres kadmiumgrünen Gehrocks. »Verzeiht mir bitte die erneute Unverfrorenheit, meine werten Herren«, raunte Rosa Rosenberg. »Aber ich bin am Tisch dieses Stadtrats mehr als nur eine einfältige Praktikantin. Wie die werten Herren hoffentlich wissen, habe ich an der renommierten Akademie dieser Stadt studiert und promoviert – etwas, mit dem sich die beiden Herren mir hier gegenüber nicht rühmen können. Über mehrere Jahre hinweg war ich Abgeordnete des Stadtrats von Karrport und nun arbeite ich als Assistentin und Beraterin des ehrenwerten Regenten Randolph Wyonards von Wystbach. Ich bin sicher keine Praktikantin und dazu habe ich mit voller Gewissheit auch das Recht, das Wort in diesen Sitzungen zu ergreifen. Anstatt also darüber zu diskutieren, was ich in der Gegenwart der werten Herren zu tun oder zu lassen habe, sollten wir viel eher über die brenzlige Lage dieser Stadt debattieren. Es sei denn, ich stehe für die ehrenwerten Herren über dem Wohl der Bürger Wystbachs.« Sie lächelte unfreundlich und zwirbelte langsam an einer mahagoniroten Strähne ihres lockigen Haares. »Also, wie gesagt, Eure Befürchtungen sind reine Hysterie.«

Regent Petrovit prustete wieder empört. »Oh, die jugendliche Naivität! Aber ich werde Euch Eure Unwissenheit aufgrund Eures Alters verzeihen, Fräulein Rosenberg. Ihr lebt noch nicht lange genug, um verstehen zu können, was«, er zuckte verächtlich mit den Nasenflügeln, »*Magie* wirklich bedeutet. Also lasst es mich Euch erklären. Magie ist ein Begriff, den wir für jene Bereiche der Wissenschaft benutzen, die wir uns nicht erklären können. Sie ist wie jede andere erforschte der konventionellen Physik eine Energie, deren Potential jedem Objekt dieser Welt innewohnt. Was sie jedoch ganz eigen und extraordinär macht, ist die Tatsache, dass manche Individuen von Geburt an durch eine bisher unerklärliche Mutation die Gabe besitzen, diese Kräfte zu Teilen zu bändigen. Wenn Ihr also nun, liebes Fräulein Rosenberg, an Magie denkt, seht Ihr vor Eurem inneren Auge die Bilder ebendieser zauberhaften Wasserbändiger, dieser schicksalsdeutenden Wahrsager und dieser weisen Alchemisten. Ja, Ihr denkt an ein Handwerk, das sowohl Kunst als auch Wissenschaft ist, und für uns Sterbliche gar nicht zu begreifen ist. Doch Ihr liegt falsch, Fräulein Rosenberg. Diese Art der Magie entstammt entweder nur aus Märchen oder existiert bereits seit Ewigkeiten nicht mehr, da sie über den Verlauf vieler Jahrhunderte in Vergessenheit geraten ist. Was heute noch zum Spott der Götter von Blasphemisten, Heiden und Ketzern praktiziert wird, ist einzig schwarze Magie – Maleficium, wie sie in der Fachsprache genannt wird. Die schändliche Praxis, die der Welt innewohnende Kraft der Magie nicht nach den Gesetzen der Natur und der Götter zu nutzen, sondern ebendiese Gesetze zu denaturieren und zu deformieren. Gestaltwandlerei, Nekromantie, Pyromantie, Blutmagie und Goëtie. Magie, die dafür genutzt wird, um anderen zu schaden – sie zu berauben, mit ihrem Verstand zu spielen oder sie schlichtweg umzubringen. Das sind Mächte, hinter denen nur die böse Dämonengöttin Malis stecken kann, da sie ihre Patronin ist.«

»Ich bin jung, Regent Petrovit, aber nicht ungebildet«, fiel ihm Rosa Rosenberg spitz ins Wort. »Während meines Studiums habe ich gelernt, was an der Wissenschaft der Magie Realität und was

Aberglaube ist. Und man muss leider betonen, dass der Großteil davon tatsächlich in die Welt des Aberglaubens gehört. So etwas wie Telekinese, Nekromantie oder Gestaltwandlerei ist schlichtweg unmöglich und selbst die Existenz der theoretisch möglichen Praktiken ist teilweise umstritten. So sagt es zumindest der allgemeine wissenschaftliche Konsens. Doch egal was nun die tatsächliche Realität hier ist, diese Gemeinschaft ist mit Sicherheit keine feindselige. Das ist der wahre Aberglaube hier.«

»Nicht feindselig?!«, brüllte Regent Goebellin donnernd auf. »Nicht feindselig, sagt Ihr, Fräulein Rosenberg? Habt Ihr den Wystbacher Kurier heute gelesen? Seid Ihr im Laufe des heutigen Tages irgendwann einmal auf die Straßen des Quarzbezirks gegangen? Die ganze Stadt ist in Aufruhr, weil irgendein dahergelaufener Magier die wohl angesehenste Bank Wystbachs ausgeraubt hat. Er hat den Tresor in die Luft gesprengt und bei seiner Verfolgungsjagd mit der Stadtwache eine Spur aus Chaos und Zerstörung hinterlassen. Und jetzt wollt Ihr mir sagen, wertes Fräulein Rosenberg, seinesgleichen wäre nicht feindselig?«

Rosa Rosenberg verdrehte fauchend die Augen. »Ein einziges Individuum, Regent Goebellin! Das macht doch nicht gleich die gesamte Gemeinschaft feindselig. Nur weil ein einziger Magier ein Krimineller ist, könnt Ihr nicht gleich die ganze magische Gemeinschaft in einen Topf werfen! Nach dieser Logik wären wir ja alle Schurken. Und außerdem, ein paar Explosionen machen einen nicht gleich zum Magier. Der Kriminelle war wahrscheinlich einfach nur ein außerordentlich begabter Alchemist.«

»Oh, Fräulein Rosenberg«, brummte Goebellin mit einer aufgesetzten Grimasse der Bemitleidung. »Ist eine Bohne verdorben, dann verdirbt sie auch den ganzen restlichen Eintopf. Regent Petrovit hat Recht, diese Leute sind keine Zauberer, die faszinierende Wunder zum Wohle der Gesamtbevölkerung vollbringen, sondern böswillige Schwarzmagier, die nur Unheil anrichten. Was der werte Regent Petrovit jedoch übersehen hat, sind die wahren Motive dieser Gemeinschaft. Sie stehen nämlich nicht in den Diensten der Malis, sondern in denen einer ganz anderen Teufelsmacht, welche die Föderation der Pax zerstören möchte.«

»Jetzt werdet Ihr albern, Regent Goebellin«, schmunzelte Rosa Rosenberg. »Ihr meint doch nicht ernsthaft, das Königreich der Schneekrieger würde gemeinsam mit der magischen Gemeinschaft Wystbachs einen Plan schmieden, die Föderation der Pax zu stürzen? Das ist lächerlich!«

Goebellin funkelte sie böse an und schlug mit der Faust auf die Tischplatte. »Oh, spottet nur über mich, solange Ihr wollt, Fräulein Rosenberg. Doch es ist wahr! Wir stehen vor einem Krieg mit dem Königreich der Schneekrieger, das weiß jeder Bettler, aber sie werden uns militärisch nicht bezwingen können, da ihre Speere und Schwerter keine Chance gegen unser Schwarzpulver haben. Deswegen wird dieser hinterlistige Despot, Scorpion von Venoros, uns von innen heraus zerstören wollen und ein Bündnis mit der angeblich unterdrückten Gemeinschaft der Föderation käme ihm da geradezu gelegen. Der Angriff auf unser Bankwesen war der erste Schwertschlag, weitere werden folgen. Deswegen müssen wir ihnen zuvorkommen und sofort handeln!«

»Unsinn!«, schimpfte Rosa Rosenberg wieder gereizt. »Eine tatsächliche Gemeinschaft magischer Individuum gibt es einzig hier in Wystbach und in allen anderen Teilen Menorias – egal ob unter Pax oder Schneekriegern – wird mit dem kläglichen Rest auf die gleiche und verächtliche Manier wie überall sonst verkehrt. Pax und Schneekrieger sind für die magische Gemeinschaft also ein und dieselbe Münze. Sie würden sich niemals mit ihnen verbünden.«

»Aha!«, warf Regent Petrovit affektiert ein. »Wie erklärt Ihr Euch dann, liebes Fräulein Rosenberg, die kursierenden Gerüchte, dass die kriminelle Unterwelt unserer schönen Stadt von einem waschechten Nosferatu geführt wird? Ja, meine werten Herren und mein liebes Fräulein, die Kriminalität Wystbachs ist auf einen blutrünstigen Vampir zurückzuführen, der obendrein den Gerüchten zufolge derzeit auch noch einen Plan aushecken soll, von dem man sagt, dass er die Ordnungen der Welt für immer auf den Kopf stellen wird. Wenn das nicht nach einer Verschwörung klingt, dann sollen mich die Götter für mein Urteilsvermögen bestrafen! Wir haben also ein mächtiges Monster, das die Unterwelt kommandiert, und einen magischen Kriminellen, der eine für den Staat essenzielle Bank ausraubt. Ihr könnt mir doch beim besten Willen nicht darin widersprechen, dass es dazwischen eine Verbindung geben muss.«

Rosa Rosenberg tippte ungeduldig mit den Fingerspitzen auf der Tischplatte umher. »Gerüchte, Regent Petrovit!«, betonte sie. »Ihr könnt doch nicht das Getratsche des abergläubischen Volkes auf den Straßen ernst nehmen. Vampire gibt es keine östlich des Gebirges und selbst westlich davon ist ihre Existenz außerordentlich umstritten. Das sind Schaudergeschichten, die man sich zur Belustigung in Schenken und Kneipen erzählt, keine Fakten. Und was diesen alles verändernden Plan angeht, ist es wahrscheinlich auch nur ein Märchen, das die magische Gemeinschaft sich erzählt, um wenigstens ein wenig Hoffnung ...«

»Genug!«, brüllte Regent Goebellin zornig und schlug nun mit beiden Fäusten auf die Tischplatte. »Ich habe die Schnauze gediegen voll davon, dass mir hier ein vorlautes Weibsbild die Leviten lesen möchte. Ihr seid keine Regentin, Fräulein Rosenberg, also habt Ihr in diesem Rat auch kein Mitbestimmungsrecht. Der werte Regent Randolph Wyonard ist unser Bürgermeister, er hat zu entscheiden, nicht seine verzogene Praktikantin.« Er wandte sich an den dicken, alten Mann zu Rosas Rechten, der bisher nur aufmerksam der Debatte gelauscht hatte, ohne sich jedoch daran zu beteiligen. »Regent Wyonard, was ist Eure Ansicht? Die magische Gemeinschaft wagt einen Angriff auf unser Finanzsystem und ist möglicherweise zu noch mehr im Begriff. Werdet Ihr tatenlos dabei zusehen oder werdet Ihr wie ein echter Politiker handeln?«

Regent Randolph Wyonard, der Bürgermeister von Wystbach, nahm die Hand von seinem runden Doppelkinn, entfernte sorgsam die goldene Halbmondbrille von seiner knolligen Nase und rieb sich tiefsinnig die trockenen Augen. »Meine werten Herren und meine hochgeschätzte Rosamund«, sprach er in seiner gewohnt autoritären und zugleich besinnlichen Stimmlage. »Ich habe Eurer

Diskussion nun lange genug zugehört und bin zu dem Schluss gelangt, dass wir uns hier in einem moralischen Dilemma befinden. Es könnte natürlich durchaus sein, dass dieser Bankräuber nur ein abtrünniger Magier war, der durch Kriminalität allein sich selbst bereichert und mit dem Rest der magischen Gemeinschaft nichts am Hut hat. Andererseits dürfen wir es jedoch auch nicht ausschließen, dass dahinter das erste Anzeichen einer Verschwörung gegen die Föderation der Pax steckt. Als Regent dieser Stadt und demokratisch gewählter Repräsentant des Volkes der Pax – magischer und nicht-magischer Angehörigkeit – muss ich eine Entscheidung im Sinne der Vernunft treffen, die zum Wohle aller führt.«

»Dann müssen wir eben ein Exempel statuieren!«, schlug Goebellin überzeugt vor. »Die meisten von ihnen treiben sich auf dem Rebenbuckel rum, da dieser der ärmste Bezirk Wystbachs ist. Es gibt dort geheime Orte, wo sie sich immer mal wieder treffen, mit ein bisschen Nachforschung sollten diese ausfindig gemacht werden können. Schicken wir ein paar Männer der Stadtwache dorthin, die sorgen ein wenig für Aufruhr und nehmen ein paar Leute fest. Damit zeigen wir, wer hier in Wystbach an der Macht ist und gegen wen man sich besser nicht auflehnen sollte – und all das ohne Blutvergießen.«

»Damit entschärft Ihr die Lage nicht im Geringsten«, widersprach Rosa Rosenberg ihm sogleich. »Sondern schüttet nur Öl ins Feuer. Wenn Ihr eine Razzia veranstaltet und dabei Unschuldige verprügelt und verhaftet, gebt Ihr dieser magischen Gemeinschaft nur noch einen Grund mehr, uns als ihre Feinde zu sehen. Langsam habe ich das Gefühl, Regent Goebellin, Ihr wollt sie gegen uns aufbringen, damit Ihr in Eurer fanatischen Intoleranz eine Rechtfertigung dafür habt, sie gemeinsam mit Euren Genossen bei der Militia Inquisitionis allesamt niederzuschlachten und damit ein für alle Mal die Straßen Wystbachs von ihnen zu reinigen.«

»Genug, genug, meine liebe Rosamund«, sprach der alte Wyonard beschwichtigend und legte seine Hand sachte auf die Schulter der aufgebrachten Dame. »Wir dürfen hier nicht gleich unser Temperament verlieren. Damit das klar ist, meine werten Herren, ich bin entschieden gegen eine gewaltsame Razzia auf dem Rebenbuckel. Pogrome führen hier zu keiner Lösung, sondern verkomplizieren die Situation nur.«

Regent Petrovit grübelte lautstark, um auf sich aufmerksam zu machen. »Hmm«, machte er verschlagen und rieb sich das Kinn. »Vielleicht müssen wir ja gar keine Gewalt anwenden. Warum schicken wir nicht die Stadtwache auf den Rebenbuckel, einfach nur, um eine Untersuchung durchzuführen? Sollte es dabei zu Gewalt kommen, dann nur von Seiten der magischen Gemeinschaft, und damit wüssten wir auch deren wahre Absichten.«

Regent Wyonard schüttelte entschieden den Kopf. »Auf keinen Fall, Regent Petrovit. Ich darf das Risiko nicht eingehen, dass die Lage eskaliert und wir ein Massaker auf dem Rebenbuckel veranstalten. Ich habe derzeit schon genug um die Ohren, da ich eigentlich eine aufwändige Gala zur eintausend Jahr Feier Wystbachs zu organisieren habe – da kann ich nicht auch noch unnötiges Blutvergießen gebrauchen. Was wäre ich denn für ein Bürgermeister, wenn ich meine eigenen Bürger auf den Straßen meiner Stadt abschlachte? Ich bin doch kein Tyrann! Nein, das kann ich unter keinen Umständen erlauben, es wäre nicht vernünftig.«

»Regent Wyonard ... «, unterbrach Goebellin seinen Vorgesetzten mit verschmitztem Lächeln. »Und was genau wärt Ihr für ein Bürgermeister, wenn Ihr es zulassen würdet, dass vor Euren Augen eine Verschwörung von statten geht? Wenn hier tatsächlich etwas im Gange ist, wird es sicher nicht gewaltfrei für die unschuldigen Bürger dieser Stadt ausgehen. Wie Ihr es selbst sagtet, die Wahrscheinlichkeit dafür ist nicht gering. Könntet Ihr das also als vernünftiger Vertreter des Volkes verantworten?«

»Hört nicht auf ihn!«, warf Rosa Rosenberg entsetzt ein. »Er will Euch hier davon überzeugen, das Blut Unschuldiger zu vergießen!«

»Ich will das Blut Unschuldiger bewahren!«, widersprach Goebellin ihr zornig.

Rosa wandte den Blick von ihm ab und packte Wyonard am Oberarm. »Randolph, du musst hier bitte vernünftig sein! Die magische Gemeinschaft ist ein Teil des Volkes der Pax, wie alle anderen auch. Sie stehen uns nicht feindselig gegenüber, wenn du aber die Stadtwache nach ihnen schickst, werden viele von ihnen es sein. Ein böswilliges Individuum darf nicht eine ganze Gesellschaftsgruppe verderben. Es gibt andere Wege, die zu einer Lösung führen, diplomatische Wege. Ich bitte dich, zeige Einsicht!«

»Genug, meine Liebe«, sprach Wyonard ruhig und nahm die Hand Rosas in seine. »Ich bewundere den Eifer, mit dem du dich hier beteiligst, aber letztendlich befinden wir uns immer noch in einer Demokratie und allein der gewählte Stadtrat kann derartige Entscheidungen fällen. Und du, liebe Rosamund, bist leider kein Teil dieses Rats. Ich mag Bürgermeister Wystbachs sein, doch sowohl die Rote Partei als auch die Violette Partei haben ebenfalls noch ein Mitspracherecht.« Er wandte sich an Goebellin und Petrovit. »Meine werten Herren, wir werden handeln. Aber unter keinen Umständen werde ich Gewalt gegen meine Bürger zulassen! Die Stadtwache wird auf dem Rebenbuckel rein investigative Durchsuchungen unternehmen, um herauszufinden, ob irgendetwas hinter den Gerüchten bezüglich dieser Verschwörung steckt. Gewalt – und das liegt mir nun wirklich sehr am Herzen – soll einzig und allein im Extremfall und nur zur allerletzten Selbstverteidigung eingesetzt werden. Es darf kein Tropfen magischen Blutes vergossen werden. Ich bete zu den Einhundert Göttern, dass sich meine Entscheidung nicht als Fehler erweisen wird. Denn ansonsten werden wir am Ende des Jahres hier in Wystbach ganz sicher keinen Winterwein trinken können, sondern einzig unser eigenes Blut.«

GRÜNDUNGSSCHWUR
Der Militia Inquisitionis
31. Acaar.I 982

»Magie! Was genau ist Magie?

Magie ist eine Krankheit, welche seit dem Anbeginn der Zeit unsere Welt befallen hat. Seit den ersten Atemzügen der Dämonengöttin Malis werden jene Fehlgeburten mit der Fähigkeit ins Leben gesetzt, die unantastbare Schöpfung der Götter nach ihrem Willen zu manipulieren und für ihre bösen Zwecke zu missbrauchen. Über die Jahrhunderte hinweg verbreitete sich diese Krankheit in der gesamten Welt, während ihre Träger mächtige Höfe infiltrierten und das Geschehen auf finalen Schlachtfeldern entschieden. Sie gestalteten die Strukturen dieser Realität nach ihren Interessen und die alten Könige ließen es einfach tatenlos geschehen. Wystbach, unsere geliebte Heimat und unser geheiligtes Sanktuarium, entwickelte sich dabei unter den Menschen zu einem Sammelpunkt magischer Individuen. Wir Pax, treu im Glauben an die einzig wahren Einhundert Götter des Nequins, blicken jedoch hinter diese täuschende Fassade und erkennen ihre wahre Natur – den Fluch der Malis! Das Kaiserreich der Menschen ist fort, nun hat einzig und allein die Föderation der Pax das Sagen in unserer schönen Stadt. Und wir werden diese Blasphemie nicht weiter blind tolerieren! Deswegen soll an diesem Tage, nachdem die Revolution der Pax gelungen ist, eine Organisation ins Leben gerufen werden, welche sich den Sieg dieses Heiligen Krieges gegen das personifizierte Böse zum obersten Ziel setzt. Meine Gefährten, treue Gefolgsmänner der Einhundert, legt nun gemeinsam mit mir eure Hände auf eure Herzen und sprecht:«

»Wir, die Militia Inquisitionis von Wystbach, schwören hiermit feierlich, mit vereinten Kräften die dämonische Praktik namens Magie aus unserer heiligen Stadt zu vertreiben. Wir schwören, nicht eher zu ruhen, bis unsere Aufgabe erfüllt ist und die Feinde der Götter auf ewig in den Flammen der Hölle schmoren. Dafür lasst uns streiten!«

KAPITEL 2

Mailo Mahilo erwachte als jemand anders als sie selbst und öffnete zwei blaue Augen, die nicht die ihren waren. Sie streckte und reckte sich, schwang die dünnen Damenbeine über die Kante des ungemütlichen Bettes und landete mit den kleinen Füßen auf den hölzernen Dielen des Bodens. Langsam schritt sie durchs Zimmer, während sie sich die langen, welligen Haare aus dem müden Gesicht strich.

Sie blieb vor dem staubigen Spiegel stehen und betrachtete das Spiegelbild der bildhübschen Frau, die sie mit leicht schrägem Kopf verführerisch anlächelte. Sie strich sich eine kastanienbraune Strähne hinters Ohr und genauso tat es auch die Frau im Spiegel. Sie starrte in die veilchenblauen Augen unter den langen Wimpern und den sauber gezupften Brauen und genauso starrte sie auch zurück. Und während sie sich langsam mit der Hand über den Körper fuhr, betrachtete sie die Frau aufmerksam dabei, wie ihre Hand von ihren Lippen über ihren langen Hals und hinab auf ihre Taille glitt, bis sie schließlich auf ihrer Hüfte anhielt.

Mailo blickte an sich selbst herab und erkannte eben jenen Körper, den sie in dem Spiegel vor sich sah. Einige Morgen hatte sie diesen Anblick nun schon gesehen und er hatte ihr bisher für die darauffolgenden Tage wirklich immer große Freude bereitet. Denn damit konnte man eine Menge Schabernack treiben.

Langsam warf sie einen letzten Blick auf die Schönheit der Frau ihr gegenüber. Lada war ihr Name gewesen und sie hatte als Kellnerin in einer Taverne an den Docks des Rebenbuckels gearbeitet. Pfeife rauchend hatte Mailo sie dabei beobachtet, wie sie von ein paar lumpigen Seemännern umgarnt wurde. Sie machten ihr Komplimente, versuchten mehrfach, sie auf ihr Schiff einzuladen und berührten sie dabei immer wieder unsittlich. Doch auch auf Mailo hatte sie in ihrem langen, brauen Kleid einen bezaubernden

Eindruck gemacht und so folgte sie ihr viele Stunden später zu ihrem Haus, um sich davon selbst ein Bild machen zu können.

Doch nun mussten die Spielereien leider wieder ein Ende nehmen, da es an der Zeit war, sich neuen Dingen zu widmen. Und für diese Angelegenheiten konnte und durfte sie unglücklicherweise nicht so aussehen, wie sie es jetzt tat.

Sie warf einen Blick auf eben jenes braune Kleid, das noch dort an der Stelle lag, wo sie es am vorherigen Abend eilig hingeworfen hatte. Daneben lagen, ebenfalls wild verteilt, Stiefel, Hose und Hemd eines Schmiedes. Der Schmied selbst hatte sich auf dem schrecklich knarzenden Bett in seine Decke gehüllt und schlief dank des vielen Alkoholes in seinem massigen Körper noch tief und fest. Er war weder jemand von Bedeutung noch besaß er sonderlich viel Geld, doch er hatte zweifellos die Statur eines Bären. Am vorherigen Abend hatte er in einer kleinen Kneipe gesessen, wo er seinen Kummer in einem großen Krug Bier zu ertrinken versucht hatte. Es war zum Glück geradezu ein Leichtes für sie, den Schmied mit ein paar verführerischen Blicken noch etwas weiter abzufüllen und ihn dann in dieses abgelegene Haus zu locken, wo sie die Nacht mit ihm verbrachte.

Betrübt streife Mailo sich die Kleidung des Schmiedes über die Haut und schlüpfte in die dicken Stiefel. All das war viel zu groß für diesen dünnen, weiblichen Körper, doch das sollte auch nicht mehr lange von Bedeutung sein. Langsam krabbelte sie auf das knarzende Bett und legte vorsichtig die Hände auf den muskulösen Oberarm des Mannes. Dann murmelte sie leise jene uralten Worte, die sie als Kind einst gelernt und seitdem schon unzählige Male verwendet hatte. Ein ätzender Schmerz erfüllte sie von der Stirn bis zu den Zehenspitzen, als würde sie mit brennendem Teer übergossen werden. Dann betrachtete sie, wie die zärtlichen Finger langsam und schmerzhaft anschwollen und rau wie Wetzstein wurden. Die dünnen Arme pumpten pochend auf und dickes Haar spross wie spitze Nadeln aus der Haut. Das bildschöne Gesicht zerlief wie schmelzendes Gold, wurde knochig und eckig, und auch die Brust schrumpfte, während sich stattdessen ein muskulöser Oberkörper mit strammem Waschbrettbauch herausbildete.

Nach einigen Sekunden nahm der brennende Schmerz dann endlich ein Ende für Mailo und er zog die neuen Bärenhände vom Arm des ein wenig abgemagerten Körpers. Der Schmied hatte durch die Metamorphose etwas an Gewicht und Energie verloren, doch schnarchte er noch wie zuvor. Mailo erhob sich langsam und sogleich bemerkte er, dass er nun einige Zentimeter größer war als zuvor. Die Kleidung des Schmiedes passte ihm jetzt wie angegossen und stolz betrachtete er die muskulösen Arme unter dem dünnen Stoff. Es war ein ganz ungewöhnliches Empfinden, erneut in der Haut eines Mannes zu stecken, doch erfüllte ihn dabei auch wieder ein sonderbar bestärkendes Gefühl.

Vor dem Spiegel stehend fuhr er sich durch das zottige, braune Haar und strich über den kurzen Bart, während er ein paar Floskeln übte. Die letzten Tage hatte er sich verführerisch und äußerst feminin verhalten und das galt es sich nun wieder abzugewöhnen. Ein muskelbepackter Bär von einem Mann, der kokett mit den Wimpern klimperte, kam nämlich in der Regel alles andere als überzeugend rüber. Stattdessen übte er also einen strammen Gang, knackste einschüchternd mit den Knöcheln und probierte sich mit einer tiefen Stimme aus.

Als er sich schließlich in seiner Rolle sicher fühlte, warf er einen letzten Blick auf den zusammengekauerten und schnarchenden Schmied. Es würde noch ein paar Stunden dauern, bis er wieder aufwachen sollte. Dann würde er sich wahrscheinlich etwas krank und schwach fühlen und sich einige Male ausgiebig übergeben, doch er sollte sich davon wieder erholen. Die Geschehnisse der letzten Nacht würden sich nur noch wie ein fremder und seltsamer Traum anfühlen, den er sich in einem sehr starken Rausch wohl eingebildet hatte. Aber er würde es mit garantierter Sicherheit alles überleben, denn Mailo hatte noch nie ein Leben genommen.

Zufrieden wandte er den Blick von ihm ab und ging stattdessen vor dem kleinen Nachtkästchen neben dem Bett in die Hocke, um die oberste Schublade zu öffnen. Mit einem Klimpern sprang ihm sogleich ein kleiner, schimmernder Gegenstand entgegen, welchen er eilig aus dem Kästchen nahm und sich an den Finger steckte. Er hob die Hand vors Gesicht und betrachtete für einen Moment jenen silbernen Ring mit dem kleinen roten Granat in der Fassung. Er schimmerte beruhigend, wie an jedem anderen Morgen auch.

Mailo drehte seinen Ring einige Male am Finger hin und her, dann legte er sich den langen Mantel einer früheren Gestalt über die breiten Schultern und verließ das alte Haus. Immer wieder aufs Neue war es nur allzu faszinierend für ihn, wie er in unterschiedlichen Gestalten auf seine Umwelt wirkte und wie diese wiederum auf ihn reagierte. Als Lada hatte er mit herausgestreckter Brust und schwingendem Gang die Blicke und Komplimente aller möglichen Greise am Straßenrand auf sich gezogen, doch vor dem breitschultrigen und einschüchternd dreinblickenden Schmied hielt sich jeder lieber fern.

Als er jedoch etwas weiter die Straße des Rebenbuckels hinabgestapft war, fühlte er plötzlich keinen einzigen Blick mehr auf sich ruhen, da die Aufmerksamkeit eines jeden auf dem Marktplatz versammelten einzig auf das Geschehen inmitten des Platzes fixiert war. Aus ungesunder Neugierde heraus trat Mailo etwas näher an die Ansammlung heran und kämpfte sich mit seinen dicken Armen etwas durch die Menge hindurch. Eigentlich hätte er ahnen sollen, was hier wirklich vor sich ging, denn derartige Veranstaltungen ereigneten sich hier gut alle paar Tage, doch unglücklicherweise hatte er sich von seiner blinden Naivität einmal wieder übermannen lassen. Dank der Höhe des Schmiedes konnte er geradeso über die aufgeregt tuschelnde Menge hinwegblicken, dass er jenen Mann in der schwarz-roten Kutte erkennen konnte, welcher dort auf einem kleinen Podium stand und energisch vor sich hin gestikulierte. Das Gesicht war zu Teilen von einer Kapuze verdeckt, doch als Mailo das goldene Dreieck auf seiner Brust erkannte, fuhr ihm sofort ein unangenehmes Stechen durch seinen Unterarm und unweigerlich musste er sich an der Innenseite seines Handgelenkes kratzen.

»Hört, Volk von Wystbach!«, brüllte der vermummte Mann aus tiefster Kehle. »Hört die Worte der Götter! Hört die *Militia Inquisitionis*!«

Als dieser Name lautstark über den Marktplatz hallte, wanderte Mailo augenblicklich ein eiskalter Schauder über seinen behaarten Rücken. Die *Militia Inquisitionis*. Jene Splitterorganisation der Kirche der Einhundert Götter, welche nachts mit Fackeln und Knüppeln durch die Straßen Wystbachs streifte und beinahe wahllos Leute aus ihren Häusern zerrte, um sie unter Folter der Magie zu bezichtigen und am nächsten Tag hinzurichten. Jene Vereinigung fantastischer Zeloten, welche die Magie als Macht der Dämonengöttin sahen und all ihre Praktizierer vom Angesicht der Welt fegen wollten. Wenn der Anblick dieser goldenen Dreiecke in Mailos Augen auffunkelte, erschienen in seinem Kopf sofort die Bilder blutiger Straßen voller Feuer, Schreie, Angst und Tod.

Als der Mann in der schwarz-roten Kutte beiseitetrat, offenbarte er den Blick auf einen hoch gen Himmel ragenden Pfahl, zu dessen Füßen ein paar andere Inquisitoren stumm Scheit für Scheit an frischem Brennholz platzierten. Erst jetzt erkannte Mailo, dass an besagtem Pfahl eine schmächtige junge Frau gekettet war. Die Risse auf ihrer schmutzigen Kleidung und die dahinter hervorlugenden dunkelroten Flecken gaben eine Vorstellung davon, was man ihr wohl alles in den vergangenen Stunden angetan haben musste. Mailo wollte es sich gar nicht ausmalen – der Anblick der wunden Haut und ausgerissenen Haare war ihm schon genug für seinen Geschmack. Doch er wusste, wie skrupellos die Militia Inquisitionis war und dass sie vor keinen noch so abscheulichen Mitteln davonschreckte, um an ein Geständnis zu gelangen. Egal, wen sie in ihre Finger bekam und wie hoch deren Grad an Schuld überhaupt war. Wenn die Militia Inquisitionis Magie witterte, dann konnte sie sich niemals irren.

Doch obwohl sie eigentlich Selbstjustizler waren und das Recht von Wystbach bis an dessen Grenzen ausdehnten, gebot ihnen weder die Kirche der Einhundert Götter noch die Regierung von Wystbach Einhalt. Solange sie nicht gewöhnliche Bürger aus ihren

Häusern verschleppten, ermordeten sie ja nur magische Individuen – und das konnte man für den Preis des Friedens erdulden.

»Hört, Volk von Wystbach!«, brüllte der Mann in der schwarzroten Kutte erneut. »Hört, was ich euch zu sagen habe! Die hohen Gelehrten von der Akademie wollen euch seit Jahren weismachen, solch abscheuliche Kreaturen wie Magier oder Hexen wären seit langem ausgestorben oder einfach nur absurder Aberglaube. Doch hört, wir, die Militia Inquisitionis, haben gestern Nacht eine Magierin in eurer Mitte entlarvt. Oh ja, hört, eine wahre Oneiromantin! Eine Traumhexe! Ein Nachtmahr, welcher mithilfe seiner schrecklichen Künste eure Träume in Albträume verwandelt und eure Körper in Schlafparalysen versetzt, nur um euch dann eure Lebensenergie zu rauben. Bekennst du dich zu deinen Verbrechen, Frevlerin?«

»Ich … ich …«, stammelte die Angeschuldigte geradeso hörbar über ihre aufgeschwollenen und aufgeplatzten Lippen hinweg. »Ich … tue es. Ich …«

»Hört, Volk von Wystbach!«, unterbrach der Mann sie sofort lautstark, bevor sie noch zu viel von sich geben konnte. »Hört, wie sie ihre Schandtaten gesteht! Sie ist nur eines von unzähligen Ungetümen, welche unsere schöne Stadt befallen haben. Nun wagen sie es ja sogar schon, mit ihren langen Fingern unser hart erarbeitetes Gold zu rauben! Aber hört, ihr müsst euch nicht sorgen, denn wir, die Militia Inquisitionis, haben uns zu eurem Schutz verpflichtet. Wir werden nicht eher ruhen, bis ihresgleichen aus Wystbach vertrieben ist!« Er deutete mit seinem langen Arm auf die Frau am Pfahl. »Nun, du schrecklicher Nachtmahr, hast du noch irgendwelche letzten Worte? Denn jetzt ist der Zeitpunkt gekommen, da …«

Mailo zuckte mit den breiten Schultern, wandte sich von dem Schauspiel ab und verschaffte sich mit angespannten Armen seinen Weg aus der Menge heraus. Er hatte dergleichen schon oft genug mitangesehen, auf ein weiteres Mal verzichtete er nur zu gerne. Das Prozedere war sowieso immer das gleiche. Er musste sich nun um wichtigere Angelegenheiten als diesen Unsinn kümmern.

Nachdem er den Markplatz hinter sich gebracht hatte, marschierte er durch die engen, bunten Gassen des Rebenbuckels, verschaffte sich durch arbeitende Handwerker seinen Weg und bog schließlich durch ein angelehntes Gittertor in einen kleinen Hinterhof ab. Dort standen zwei ebenso muskulöse und breit gebaute Männer, die sich mit ihren tiefen Stimmen brummend unterhielten und dabei immer wieder Züge ihrer Zigarren nahmen.

Als sie Mailo erblickten, sprang der eine mit der ungewöhnlich starken Körperbehaarung sogleich auf und zückte ein schwarzes Jagdmesser. »He, Hufschmied!«, brüllte er und ließ das Messer bedrohlich in seiner Hand tanzen. »Was willst du verdammt nochmal hier? Verpiss dich gefälligst! Du hast hier nichts zu suchen! Oder willst du etwa, dass ich dir den Bauch hiermit aufschlitze?«

Mailo waren diese Situation nur allzu vertraut und er wusste sehr gut damit umzugehen. Seinesgleichen hatte ein großes, aber durchaus rationales Problem mit Vertrauen – besonders in Fremde. Er grinste leicht und zog den Ärmel seines Mantels ein Stückchen hoch. »Ganz ruhig, meine Freunde. Ich bin einer von euch.«

Der behaarte Schläger trat langsam etwas näher und begutachtete aufmerksam das verblasste, aber immer noch erkennbare Brandmal eines leicht goldenen Dreiecks auf Mailos Unterarm. Nach einigen Sekunden des genauen Observierens trat er dann schließlich zurück und verbeugte sich ein wenig. »Bei allem, was gut ist in dieser Welt, dich Armen haben sie also auch gebrandmarkt. Diese Wichser! Ein Wunder, dass du denen entkommen bist, damit können sich nicht viele rühmen. Verzeih mir bitte, Bruder. Du kennst und verstehst die Scherereien. Fahrlässigkeit ist gefährlich, besonders in diesen Tagen.«

»Ich verstehe«, gab Mailo kurz zurück.

Der Behaarte fuhr sich über die rotzige Schnauze und betrachtete seinen Gegenüber erneut einige Male. Sein Blick blieb dabei besonders an dessen Finger hängen. »Schönen Ring hast du da«, bemerkte er und deutete auf das silberne Schmuckstück mit dem roten Granat. »Der muss einiges wert sein. Wo hast du denn den her?«

Mailo legte eilig beide Hände hinter seinem Rücken ineinander und verzog die Mundwinkel zu einem leichten Grinsen. »Ach, nichts weiter als ein alter Klunker, den ich jemandem unbemerkt vom Finger gezogen habe. Ich trage ihn für die Ästhetik, der Wert ist mir eigentlich relativ schnuppe.«

Der Behaarte fuhr sich ein weiteres Mal über die Schnauze. »Alles klar, ich verstehe. Verzeih mir die Neugier, Bruder. Tritt doch bitte herein und sei unser Gast.« Er deutete mit seiner haarigen Hand auf eine Wendeltreppe, welche, wie Mailo wusste, tief unter die Erde führte. So tief, dass niemand herausfinden konnte, was dort vor sich ging, der es auch nicht sollte. Ein geheimer Ort für geheime Leute.

Mailo verbeugte sich ebenfalls und stapfte dann schweren Schrittes die vielen Stufen hinab in die dunkle Tiefe. Mit jedem weiteren Schritt wurde die selige Musik, das Gelächter und das Gebrülle vom Ende der Treppe immer und immer lauter und als er eben jenes erreicht hatte, betrat er einen heruntergekommenen Keller, in dem sich eine kleine Gruppe von Leuten fröhlich betrank. Sie alle waren Bewohner Wystbachs und oben verhielten sie sich auch so, doch nur hier unten konnten sie sein, wer sie wirklich waren. Teuflische und bösartige Ungetüme. Grässliche Kreaturen, die des Nachts wie räudige Ratten umherstreiften und mit dunklen Mächten abscheuliche Schandtaten vollbrachten. Diebe, Banditen, Trickbetrüger, Mörder und vor allem eines – das personifizierte Böse.

Doch so sah die Meinung der Herren von Wystbach aus, nicht die Mailos. Denn er wiederum erkannte, wie es wirklich war. Dort in einer Ecke unterhielten sich zwei grauhaarige Männer begeistert über die besten Methoden der Fischzubereitung, neben ihnen kippte ein abgemagerter Knirps gierig einen Krug Ale über seinen roten Bart, während eine junge Dame ihm dabei glucksend zusah, und ganz allein in einer anderen Ecke genoss ein braungebrannter Mann eine qualmende Pfeife. Unschuldige und herzensgute Individuen, die einfach nur ein friedliches Leben führen wollten. Die meisten von ihnen waren selbst Pax, doch galten sie unter dem gemeinen Volk als dieses Titels unwürdig. Einst, vor vielen Jahren, waren Mailos Brüder und Schwestern weitaus zahlreicher und dazu für ihre Begabungen hochangesehen gewesen, doch über die Jahrhunderte hinweg wurde östlich des Gebirges alles vertrieben oder ausgetrottet, was kein vollständiger Mensch, Schneekrieger, Oger oder Pax war. Es war ein reiner Genozid des Andersartigen.

Mailo marschierte durch die karge Menge hindurch zur anderen Seite des Raumes, wo zwei trollartige Männer stumm und starr eine eiserne Tür bewachten. Nur waren es mit Sicherheit keine Trolle, denn die hatte man bereits vor Jahrhunderten durch pogromähnliche Fackelwanderungen in vergilbte Geschichtsbücher verbannt. Nein, diese zwei Kerle waren zwar groß und breit gewachsen, hatten kahle Köpfe mit gräulicher Haut, knollige, krumme Nasen und merkwürdig leere Augen, doch die Lehmgestalten waren unverkennbar als Golems zu identifizieren. Willenlose Geschöpfe, erschaffen, um ihrem Herrn zu dienen und zu beschützen. Und mit diesem Herrn, der sich höchstwahrscheinlich hinter eben jener eisernen Tür verbarg, suchte Mailo dringend das Wort.

»Meine Brüder!«, begrüßte er die zwei Golems und verbeugte sich aufwendig. »Ich bin gekommen, um mit eurem Meister das Wort zu wechseln. Würdet ihr mir also bitte den Eintritt gestatten?«

»Der Magister Vetikor van Zilvania empfängt keine ungeladenen Gäste!«, knurrte der eine Lehmmann sogleich und ballte drohend seine klumpigen Hände.

»Keine Gäste!«, wiederholte der andere mit der exakt gleichen Stimme.

Golems waren außerordentlich hartnäckige Kreaturen, doch wusste Mailo zum Glück alles über sie, was es zu wissen gab. Sie waren ausgesprochen schwer zu erschaffen, dafür jedoch ungemein einfach zu überlisten. Beispielsweise war Mailo klar, dass ihr Herr alles Wort für Wort mitbekam, was ihnen gesagt wurde. Und das konnte er auch zu seinem Vorteil nutzen.

»Ich habe ein Angebot an den Magister Vetikor«, verkündete er wichtigtuerisch. »Oh ja, ein Angebot, welches er sicher lieber nicht ablehnen möchte – das verspreche ich euch!«

Die Golems starrten sich mit ausdruckslosen Blicken gegenseitig an, dann nickte der eine und öffnete langsam die eiserne Tür. »Der Magister Vetikor erwartet dich«, brummte er und trat zurück.

Mailo verbeugte sich ein zweites Mal und betrat die kleine Kammer. Sofort wehte ihm ein schrecklich modriger Gestank entgegen und während er mühevoll den Atem anhielt, gewöhnte sein von der Verwandlung noch etwas verschwommener Blick sich langsam an das Kerzenlicht des Zimmers. Er erkannte hohe Bücherregale voller verstaubter Schriften, die einen kleinen, hölzernen Schreibtisch umringten. Dort an diesem Tisch saß ein alter Mann, gehüllt in einen langen, dunklen Mantel mit aufgestelltem Kragen. Seine Haut war schrumpelig wie die eines Mannes im Totenbett und die Pupillen seiner eingefallenen Augen besaßen einen ganz auffälligen Farbton, den Mailo nicht zu beschreiben wusste. Auf der morschen Tischplatte lag eine gewaltige Lektüre, durch die er mit seinen knochigen Fingern eilig blätterte, während er mit einem Monokel auf dem Auge leise die Worte darin vor sich hinmurmelte.

»Setz dich«, flüsterte der Magister Vetikor leise und wandte sich erst von den vergilbten Seiten ab, als Mailo seinem Befehl Folge geleistet hatte. »Also, du sagtest eben, du hättest ein Angebot für mich, welches ich lieber nicht ablehnen möchte. Nun gut, mein ungebetener Gast, erzähle mir von diesem Angebot. Kurz und bündig, damit das klar ist.« Er sprach mit einem leichten, aber dezenten wyrosschen Akzent. Eine Rarität, da die Leute aus dem Westen sich selten über das Gebirge wagten.

»Ich möchte mich in Eure Dienste stellen«, antwortete Mailo sogleich, bewusst ganz ohne irgendwelche Formalitäten, denn diese verbrauchten nur unnötige Zeit. »Mir egal, was Ihr mir anbieten könnt, ich tue alles. Ich benötige dringend sowohl Geld als auch Schutz und wie ich höre, könnt Ihr beides bieten.«

Vetikor nickte langsam. »Ich verstehe.« Er kratzte mit den langen Fingernägeln an seinem spitzen Kinn. »Doch ich muss deine Hoffnungen zerstören, Junge, denn ich habe bereits genügend Männer, die für mich arbeiten. Außerordentlich treue Männer. Ich benötige deine Hilfe nicht, deswegen muss ich dich nun auffordern, mich wieder an meine Arbeit zu lassen.«

Genau das hatte Mailo befürchtet. Doch durfte er sich nicht Mailo Mahilo nennen, wenn er nicht immer sein eines Ass im Ärmel hätte, welches er jedes Mal auf Neue zu spielen wusste. »Wartet bitte, Magister«, lächelte er selbstsicher. »Ihr versteht hier etwas gänzlich falsch, das kann ich Euch versprechen. Und Ihr würdet mit absoluter Gewissheit einen großen Fehler begehen, würdet Ihr mich nun zu so etwas auffordern. Wisst Ihr, ich kann Arbeiten erledigen, die sonst keiner erledigen kann. Und ganz besonders kann ich sein, wie sonst keiner sein kann.«

»Wie das?«, fragte Vetikor und zog eine fransige Augenbraue hoch. »Was macht dich so besonders, Junge? Deine physische Stärke kann es sicherlich nicht sein, denn ich habe genug Männer, die weitaus kräftiger sind als du. Was ist es also genau, das dein Angebot so unablehnbar macht?«

»Sagen wir es so …« Mailo wusste zufrieden, dass er den Magister genau da hatte, wo er ihn haben wollte. »Heute Morgen bin ich als bildschöne, junge Maid aufgewacht und nun sitze ich als strammer Schmied vor Euch.« Er zuckte vielsagend mit seinen Augenbrauen.

»Ahhhhh.« Vetikor lehnte sich ein wenig zurück und rieb seine fast weißen Hände aneinander. »Ich verstehe, ich verstehe. Ein Janustri also. Ein Doppelgänger. Ein Wesen, welches seine Haut nach seinen Wünschen verformen kann. Ich dachte ehrlich gesagt, deinesgleichen gäbe es östlich des Gebirges nicht. Den Letzten deiner Art habe ich vor gut sechzig Jahren in Barloth getroffen. Und das ist weit weg von hier.«

»Auch Ihr habt Recht«, stimmte Mailo ihm zu. »Von meiner Sorte gibt es keine mehr in Menoria. Die Menschen, Pax, Oger und Schneekrieger beneideten uns Janustri für unsere Fähigkeiten und so rotteten sie uns alle aus, bevor wir noch irgendeinen Schaden in ihren Angelegenheiten anrichten konnten. Ich habe wohl einfach nur Glück gehabt. Aber hört mich an, Magister, Ihr könnt nun ebenso von diesem Glück profitieren. Lasst mich für Euch arbeiten, ich bitte Euch. Ich kann in die Gestalt eines jeden Bewohners dieser Stadt schlüpfen. Sei es ein Soldat, ein Bauer, ein Seemann, eine schöne Frau, ein General und – wenn Ihr es wünscht – selbst Regent Wyonard persönlich. Ich werde tun, was Ihr verlangt. Und alles, was ich im Gegenzug dafür fordere, ist eine angemessene Bezahlung und selbstverständlich Schutz. Ich weiß nicht, wie lange es noch sicher in dieser Stadt für mich sein wird. Weg will ich sicher nicht, denn sie ist meine Heimat, aber das Bleiben erweist sich langsam auch nicht mehr als Zuckerschlecken. Gesegnet sei die Militia Inquisitionis!«

Vetikor strich sich in Gedanken versunken über seine Backe, die im flackernden Kerzenschein fast kreidebleich wirkte. »Mein Geschäft ist kompliziert«, murmelte der Magister skeptisch, während seine Augen dabei mit feurigem Blick Mailo misstrauisch anstarrten. »Ich führe es mit absoluter Diskretion und ich stelle auch nur jene in meinen Dienst, von denen ich absolute Diskretion erwarten kann. Meine Pläne sind große Pläne und wenn auch nur ein Zahnrädchen nachgibt, seine Pflichten nicht erfüllt oder mir in den Rücken sticht, dann bricht das gesamte Uhrwerk zusammen. Mein Geschäft ist auf Vertrauen aufgebaut, aber das Problem ist – ich vertraue dir nicht, Janustri.«

Mailo nickte verständnisvoll, auch wenn er selbstverständlich alles andere als Verständnis für diese Vorwürfe aufbringen wollte. »Ja, ja, die alten Vorurteile meinesgleichen gegenüber sind mir ja altbekannt. Ihr habt Schiss, dass ich … keine Ahnung, mich eines Tages in Euch verwandle und irgendeinen Unfug anstelle oder sowas. Wahrscheinlich läget Ihr da auch mit vielen anderen Janustri gar nicht so falsch, wenn ich ganz ehrlich mit Euch bin. Ja, für uns gibt es nichts Schöneres als einen spaßigen Schabernack auf Kosten anderer, das darf man nicht leugnen. Aber anders als mein Ich vor vielleicht zwei Jahren bin ich gerade verzweifelt und habe andauernden Kohldampf. Die Preise wurden wegen des bevorstehenden Krieges mit den Schneekriegern erhöht und die Stadtwache hält genauer Ausschau nach meinesgleichen. Solange Ihr also der Mann seid, dem ich meine Fütterungszeiten zu verdanken habe, werde ich Euch auch nicht in den Rücken fallen. Das kann ich Euch versichern.«

Vetikor schnaubte verächtlich. »Janustri!«, raunte er und drehte abgeneigt seine dünnen Pupillen. »Ihr seid schon wirklich so ein Volk. Kindischer Unsinn und blöde Sprüche, das ist das Einzige, was man von euch erwarten kann, obwohl ihr Gaben der Götter besitzt. Zur Hölle, wenn du es wolltest, könntest du dich mit deinen Fähigkeiten in das Regentendomizil von Zentron einschleichen, die Gestalt Lucius Forells rauben und schließlich als oberster Kanzler persönlich über die Föderation der Pax herrschen. Oh ja, ihr Janustri könntet mit euren Fähigkeiten Imperien zu Fall bringen oder sie bis zur Sonne emporsteigen lassen. Ihr könntet die Geschichte nach euren Willen schreiben, die Welt nach euren Vorstellungen strukturieren und das Schicksal dieses Planeten in euren Händen halten. Und was macht ihr Einfallspinsel stattdessen? Wechselt alle vierzehn Tage das Geschlecht und treibt es dann ohne weitere große Ambitionen mit halb Menoria im Bett. Ihr könntet Götter sein, entscheidet euch aber lieber für die temporären Reize irgendeines hirnverbrannten Schabernacks. Verdammt nochmal, ihr Janustri seid nichts weiter als zurückgebliebene Scharlatane.«

Mailo zuckte herumalbernd mit seinen breiten Schultern. »Tut mir wirklich herzlich leid, Euch da Eure Vorstellungen zerstören zu müssen, Magister Vetikor, so mitreißend sie auch sein mögen. Aber unglücklicherweise gibt es in unserer Realität einen schrecklich großen Unterschied zwischen den Prinzipien von Gestalt und Rolle. Ja, die Gestalt einer Person ist simpel – Nase, Haare, Augen, Bauchnabel, Geschlechtsteile, irgendwelche Missbildungen, der ganze Firlefanz. Für einen Janustri wie mich nicht weiter kompliziert zu kopieren. Die Rolle einer Person ist wiederrum vielschichtiger. Dazu zählen nämlich – und zwar nicht ausschließlich – Körperhaltung, Gangart, Mimik, Sprachverhalten, Floskeln, Vorlieben, Erinnerungen, Beziehungen, Gewohnheiten und noch so vieles mehr. Nachdem man eine Person lange genug studiert hat, kann man den Großteil davon als begabter Schauspieler durchaus imitieren, aber irgendwo macht man früher oder später einen Fehler oder hinterlässt aus Unachtsamkeit eine Lücke und sowas fällt dem Umfeld immer augenblicklich auf. Bevor ich also auch nur den Hauptmann der Stadtwache von Zentron erreichen könnte, hätte man mir schon einen Pfahl vom Hinterloch bis zum Rachen durchgeschoben oder mit mir auf einem Scheiterhaufen ein Grillfest veranstaltet. Die Begabungen eines Janustri sind leider nicht so idyllisch, wie Ihr es Euch vorstellt, obwohl das natürlich die Welt für mich um Weiten vereinfachen würde. Aber diese übertriebenen Wahnvorstellungen über die ach so grenzlosen Mächte magischer Wesen sind ja sowieso überhaupt ganz viel Aberglaube – ansonsten würden Magier nämlich schon längst über die Welt herrschen. Also, wie Ihr seht, bleibt uns Janustri leider nichts weiter übrig, als es mit halb Menoria im Bett zu treiben.«

Der Magister spuckte verächtlich aus. »All das ändert trotzdem nichts daran, dass du und deinesgleichen nur unnütze und auf Krawall gebürstete Tunichtgute sind.« Er zögerte und sinnierte etwas. »Aber ja, vielleicht hast du ja zumindest in dem Sinne Recht, dass angesichts deiner Notlage die Situation etwas anders ist. Möglicherweise kann ich aus einem hungernden Janustri, der für Unsinn weder Zeit noch Kraft hat, auch etwas für mich gewinnen. Verzeih mir bitte den rücksichtslosen Opportunismus, aber auch ich befinde mich derzeit in einer Notlage.«

Sofort wurde Mailo ganz hellhörig. »Oh, Ihr sprecht vom großen Plan?« Er grinste breit und zuckte erneut vielsagend mit den Augenbrauen – eine Geste, die wahrscheinlich überhaupt nicht zum Anblick des Schmieds passte.

Der Magister hingegen blieb kalt. »Dem ... Plan?«, wiederholte er zischend.

»Oh ja, der Plan!«, lachte Mailo schelmisch. »Wisst Ihr, Magister, auf den Straßen des Rebenbuckels wandern derzeit ganz faszinierende Gerüchte umher. Ich bin kein sonderlich überzeugter Eiferer von Straßentratsch, aber wenn man diesen Gerüchten

Glauben schenken möchte, schmiedet der große und mächtige Kopf der Unterwelt derzeit einen teuflischen Plan, der die Ordnungen der Welt für immer auf den Kopf stellen soll.«

Vetikor rümpfte verächtlich seine Nase. »Ach, lass mich bitte mit diesem Unsinn in Ruhe, Janustri. Dummes Straßengeplauder verlumpter Verschwörungstheoretiker! Mit solch einem Unsinn befasst sich ein Mann wie ich nicht. Und du solltest mir damit besser nicht auf den Geist gehen, denn dafür ist meine Zeit zu schade. Vertrau mir!«

Trotz dieser offensichtlichen Drohung gab Mailo aber noch nicht nach. Er war zu nah dran. »Ja, aber Gerüchte kommen doch immer irgendwoher, Magister. Irgendjemand plaudert im Suff aus Versehen was aus oder irgendjemand anders bekommt in einer dunklen Gasse durch Zufall ein paar nicht für ihn bestimmte Sätze mit. Kommt schon, sagt es mir doch, hier im gegenseitigen Vertrauen. Sind die Gerüchte wahr? Brütet der Kopf der Unterwelt Wystbachs – dessen Identität mir selbstverständlich vollkommen unbekannt ist – gerade einen Plan aus, der die Welt für immer auf den Kopf stellen wird?«

»Wenn sie wirklich wahr wären, Janustri«, schnaubte der Magister mit verachtendem Blick, »dann wäre ich ja ein außerordentlicher Narr, es gerade dir zu sagen. Du wirkst auf mich nämlich nicht wie eine Person des gegenseitigen Vertrauens, sondern eher wie jemand, der im Suff lautstark die Geheimnisse eines anderen verkündet – ganz ohne Versehen oder Zufall.«

Mailo war einmal wieder zu weit gegangen. Verdammt nochmal, warum musste ihm das nur immer geschehen? Er brauchte das Vertrauen des Magisters um jeden Preis, stattdessen hatte er ihn mit seinem spielerischen Gerede und seiner schelmischen Art aber nur noch misstrauischer gemacht, als er es ohnehin schon gewesen war. Diese Dummheit und Leichtfertigkeit lagen wohl einfach unabdingbar in seiner Natur als Janustri.

»Ich verstehe den Eindruck, den ich gewöhnlich auf andere mache«, schwafelte er vor sich an, während er an dem Ausweg aus seiner Situation noch herumzimmerte. »Ja, ich wirke nicht gerade wie die vertrauenswürdigste Person dieser Welt. Bin ich auch nicht immer, wenn ich ehrlich mit Euch bin … Aber gebt mir doch bitte wenigstens eine Chance, Euch meine treue Loyalität zu beweisen. Ich werde alles für Euch tun, wie gesagt, ich bin mir für nichts zu schade. Egal, was Euer Plan sein mag, mit einem Janustri in Euren Diensten könnt Ihr Euer Ziel sicher noch einfacher erreichen. Das wissen wir doch beide.« Er grinste breit.

Der Magister Vetikor biss sich nachdenklich auf die fahlen Lippen. »Da hast du wohl leider Recht, Janustri. Mein Geschäft ist kompliziert, aber mit deinen Fähigkeiten in meinen Händen werde ich so manche Hürde aus dem Weg räumen können. Also gut, ich werde dir eine Chance geben, dich mir zu beweisen. Eine einzige! Du hast von dem Banküberfall gestern Morgen gehört?«

Mailo nickte eilig. »Ja, aber sicher doch. Tresor, Sprengstoff, Flucht, Magier und ganz viel wertvolles Gold tragisch verschwunden. Habe ich mitbekommen.«

»Ja, es war nämlich mein verfluchtes Gold!« Der Magister funkelte ihn böse an. »Die Dracûl-Bank ist eines meiner zahlreichen Etablissements dieser Stadt und dabei zweifellos das mit Abstand wertvollste. Dieser Magier – wer auch immer er sein mag – hat mir einen großen Haufen meines Reichtums gestohlen und das lasse ich mir nicht einfach bieten. Janustri, ich will dieses Gold auf der Stelle zurück, aber vielmehr noch möchte ich diesen langfingrigen Magier in Ketten vor mir sehen, damit ich ihn für seine Unverfrorenheit bestrafen kann. Niemand wagt es, den Magister Vetikor van Zilvania in solch einer Form zu demütigen! Also, Janustri, das ist meine Aufgabe für dich. Finde den Magier, nimm ihn gefangen, besorge das Gold und bring dann morgen Abend beides zum verlassenen Carfax Anwesen der Van Harkers am Rande des Weißen Waldes. Du kennst besagtes Gebäude?« Er hob die buschigen Augenbrauen an und für den Bruchteil einer Sekunde funkelte plötzlich in seinen Pupillen ein leicht roter Ton auf.

Mailo nickte eilig, kam jedoch dabei nicht darum herum, den alten Mann für einen Moment vorsichtig zu mustern – und was er vermutete, weckte sein Interesse. »Was zur Hölle seid Ihr?«, murmelte er schließlich.« Verzeiht mir bitte diese Unterbrechung, doch unsere gesamte Konversation über habe ich jetzt gerätselt und gerätselt, bin dabei aber auf keinen klaren Nenner gekommen. Und jetzt brauche ich einfach die Antwort. Ihr seid magischer Natur, selbstverständlich, aber Ihr seid kein Magier. Nein, Ihr seid etwas gänzlich Eigenes, nicht wahr?«

Das faltige Gesicht des alten Magisters blieb ausdruckslos wie ein karger Kalkstein, doch der leichte Ton von Dunkelrot in seinen engen Pupillen loderte nun wie ein zorniges Fegefeuer. »Haben wir eine Abmachung oder nicht, Janustri?«, fauchte er wie eine aufgebrachte Fledermaus, während seine Lippen sich vor Abneigung ein wenig zurückzogen und geradeso zwei weiße, schimmernde Spitzen hervorlugen ließen.

»Ihr seid ein Nosferatu«, konkludierte Mailo überzeugt. »Richtig, nicht wahr? Bei allen Göttern, Halleluja, ein waschechter Vampir! Ich dachte eigentlich auch nicht, dass es östlich des Gebirges welche von Euch gibt.«

Der Nosferatu Vetikor van Zilvania nahm seufzend das Monokel von seinem Auge und klappte langsam die dicke Lektüre vor sich zu, sodass große Staubschwaden wie kleine Windhosen durch die Luft wirbelten. »Also gut, außer mir gibt es das auch nicht. Menoria ist ein Landstrich des Lichtes und des Guten. Ich stamme aus Narvasto, denn wir Nosferati sind einzig im fernen Wyros heimisch, in den dunklen Schatten des verfluchten Reiches des Westens, welches wir seit Jahrhunderten mit unserem unstillbaren Blutdurst terrorisieren.« In der schrecklichen Imitation eines Grinsens zog der alte Vampir seine fahlen Lippen noch etwas weiter zurück, wodurch er zwei lange Fangzähne preisgab, die wie schimmernde Eiszapfen von seinem Oberkiefer hingen. Er seufzte zischend und mit einem Mal waren sie auch schon wieder unter der bleichen Oberlippe verschwunden. »Aber genug davon, Janustri, ich verrede mich nur, das alles tut hier nichts zur Sache. Nosferatu oder nicht – bitte, ich bin ein beschäftigter Mann, also verschwende besser nicht meine Zeit. Nimmst du mein Angebot an?«

Wieder nickte Mailo schnell, bevor er sich noch einmal selbst mit unnützen Kommentaren oder überneugierigen Spekulationen ein Bein stellen konnte.

»Gut. Dann sind wir somit im Geschäft. Aber, Janustri, merk dir besser folgendes. Wage es ja nicht, ohne auch nur eine der beiden Forderungen morgen Abend aufzutauchen. Du willst ganz sicher nicht den Zorn eines Vampirs ...«

Plötzlich ertönte ein lautes Krachen hinter der eisernen Tür und ein einzelner Schrei klang aus dem Stollen.

»Sie sind hier«, krächzte Vetikor voller Entsetzen und zog blitzschnell das Buch vom Tisch.

Mailo fuhr erschrocken herum und blickte auf die Tür. »Verdammt. Also gut, wir müssen fliehen. Kommt, Magister ...« Doch als er sich wieder umdrehte, war der Vampir bereits verschwunden. Einzig und allein sein Monokel lag noch im Staub der Tischplatte, umgeben von einer dahinschwindenden Schwade dunklen Nebels.

Er musste aus dieser Kammer raus, denn hier steckte er in der Falle. Was auch immer nun da draußen wartete, Mailo wollte schleunigst davon weg. Er zog ein kleines Messer aus seiner Tasche und öffnete vorsichtig die Tür einen Spalt breit. Im Eingang des Stollens stand ein strammer Mann, gekleidet in einer himmelblauen Uniform mit silbernem Brustpanzer, auf dem der Schwan von Wystbach thronte. Er war Teil der Stadtwache, einer der sogenannten *Blumenritter*, und der Schwanenfeder auf seinem Helm und dem weißen Umhang an seinen goldenen Schultern nach zu urteilen, war er sogar der Hauptmann. Der Rest des Stollens war gefüllt von acht weiteren Soldaten, die mit ihren Musketen drohend auf die Insassen deuteten.

»Dies ist eine Untersuchung auf Geheiß seiner hohen Regentschaft Randolph Wyonards, dem Bürgermeister Wystbachs!«, verkündete der Hauptmann lautstark und schwang sein Langschwert bedrohlich hin und her. »Leistet keinen Widerstand, sonst zwingt ihr mich leider dazu, unschönere Mittel anzuwenden!«

Sie durften Mailo nicht erwischen. Diese Männer waren nicht die Militia Inquisitionis, eine Gefangennahme konnte für ihn jedoch trotzdem nur böse enden. Die Stadtwache verhaftete öfters einmal Leute, die sich illegalerweise an Magie versuchten, aber einen Janustri hatten sie sicherlich noch nie in die Finger bekommen. Und so sollte es auch bleiben.

Wider dem Befehl des Hauptmanns trat er die Tür auf und rief so laut er konnte: »Nieder mit den Unterdrückern!«

Er wusste, wie fahrlässig und egoistisch sein Handeln war, doch hatte er keine andere Wahl. Sein Überleben musste er über das der anderen stellen – sie hätten es an seiner Stelle wahrscheinlich genauso getan. Sobald die Wachen nämlich seine Worte hörten, schossen sie ohne zu zögern los und das führte wiederum dazu, dass sich der Rest der Insassen verteidigte. Ehe der Hauptmann sich versehen konnte, brach ein schreckliches Gemetzel in dem Stollen aus. Die Soldaten schossen die Versammelten nieder, während sie von anderen umringt und angegriffen wurden. Die zwei Golems gingen brüllend auf drei Wachen los und ließen sich selbst mit mehreren Musketenschüssen nicht umlegen. Mailo nutzte dieses Chaos und sprintete durch die Menge hindurch auf die andere Seite des Raumes, wo jedoch immer noch der Hauptmann den Ausgang blockierte. Glücklicherweise besaß der Schmied eine enorme Stärke und so konnte er den Hauptmann nach einem kurzen Faustkampf einfach zur Seite schubsen, bevor er die Treppe hinaufstürmte.

Als er prustend wieder ins Freie trat, tappte er sofort in eine breite Lache roter Flüssigkeit. Der behaarte Schläger und sein Kumpan lagen tot auf dem steinernen Boden, während Blut aus mehreren Löchern ihrer Körper drang und den Pflasterstein dunkel färbte. Ohne lange um sie zu trauern, sprang Mailo über die Leichen hinweg und sprintete aus dem Hof heraus.

»Da ist einer!«, brüllte einer der beiden Soldaten, die vor dem Gittertor Wache hielten.

»Hinterher!«, stimmte ihm sein Kollege zu.

Die beiden Männer waren schnell, schneller als Mailo es erwartet hatte, und so konnten sie selbst mit dem Schmied mithalten. Denn genau das war das Problem. Er war zwar stark und breit wie ein Bär, aber mit Schnelligkeit konnte er nicht wirklich überzeugen. Das hatte er nicht miteinberechnet.

Dennoch rannte Mailo so rasch er konnte durch die ungelegen engen Gassen der Stadt und schubste dabei allerlei Arbeiter um, während die Soldaten ihm dicht auf den Fersen blieben. Er bog in eine dunkle Seitenstraße ab, sprang auf ein paar Kisten und kletterte an einer Regenrinne empor auf das Dach des Gebäudes. Ohne hinter sich zu blicken, rannte er weiter über die wackeligen Ziegel. Einmal rutschte er fast auf einem aus, konnte sich aber noch rechtzeitig an einem Schornstein festhalten. Schnaubend sprang er von Dach zu Dach, während er hinter sich das Scheppern der Uniformen seiner Verfolger hörte.

Doch wieder wurde ihm gleich darauf das Gewicht des Schmiedes zum Verhängnis. Durch all die Muskeln war sein Körper schwerer, als er es vom dem der weitaus leichteren Lada gewohnt war, und so brach er bei einem weiteren Sprung mit einem lauten Krachen durch ein etwas dünneres Dach hindurch und landete im Inneren der Behausung. So schnell er konnte rappelte er sich wieder auf, sauste die Treppe hinunter und trat auf die überfüllte Straße. Er blickte zu seiner Linken und erkannte einen der Soldaten, wie er auf ihn zuraste, während er hinter sich das Poltern des anderen vernahm, der gerade vom Dach sprang.

Mailo schlug die Tür hinter sich zu und rannte weiter. Er preschte durch die Menge hindurch und sprang über eine Reihe von Fässern. Er schlüpfte unter umhergetragenen Holzbalken durch und wich Stapeln von Kisten aus. Doch so konnte es nicht ewig weiter gehen. Er musste wohl oder übel einen anderen Ausweg finden.

Und gerade als er kurz anhielt, um eine andere Lösung ausfindig zu machen, stellte sich ihm ein alter Greis in den Weg, der mit einer kleinen Holzschale in der knochigen Hand quiekend um Geld bettelte. Von einer Idee ergriffen packte er den Greis ohne lange zu überlegen am Hals und drückte ihn in eine Seitengasse. Wieder einmal war er dem Schmied für dessen außergewöhnliche Stärke dankbar, denn ansonsten wäre das definitiv nicht möglich gewesen. Er verpasste dem Greis einen Kinnhaken, sodass dieser in Ohnmacht fiel. Dann umklammerte er dessen Arme und murmelte jene uralten Worte, während er mit verkrampfter Miene versuchte, nicht vor brennendem Schmerz zu schreien. Der Körper des Greises mergelte ein wenig aus, während der seine schrumpfe und die alte Form annahm.

Mailo warf ein paar herumstehende Säcke über den schlummernden Mann und huschte dann eilig davon. Erst als er auf die Straße trat, fiel ihm auf, dass es schrecklich merkwürdig aussehen musste, wie er sich da mit krummem Buckel in viel zu weiter Kleidung an die kalte Hauswand lehnte, doch ihm blieb jetzt keine andere Wahl. Die Wachmänner hatten soeben ihr Tempo gedrosselt und blickten sich nun verwirrt auf der Suche nach dem strammen Schmied um, bis sie es schließlich aufgaben.

Dieses Mal hatte er wohl gewonnen, doch irgendwas war hier falsch. Irgendetwas war im Gange. Für gewöhnlich veranstaltete die Stadtwache keine Razzias oder Pogrome. Es war etwas passiert, was den Stadtrat dazu veranlasst hatte, zu härteren Mitteln zu greifen. Nur was? Doch nicht etwa dieser vermaledeite Bankraub?

Vor Erschöpfung keuchend blickte Mailo an sich herab. In seiner Eile hatte er wirklich nicht gerade den vorteilhaftesten Körper ausgewählt. Der Rücken des Greises glich in Form und Muster einer verkommenen Banane. Er war buckelig, mager und sein von Altersflecken übersäter Arm war dünner als ein Stock. Durch die alten Augen konnte er kaum etwas sehen und bei jedem Schritt knackten die Knochen und schmerzten ihm höllisch die Gelenke. In anderen Lebenssituationen hätte er damit sicherlich allerlei Schabernack anstellen können, so wie er es immer gerne tat, doch wie er glaubte, hatten die Zeiten sich nun geändert. Mit solch einer Gestalt konnte er sich nicht verteidigen, also machte er sich auf die Suche nach einer besseren.

KAPITEL 3

»Perversling!«, schimpfte eine junge Dame aufgebracht und verpasste dem alten Greis, der sie nun schon einige Minuten beobachtet hatte, eine gediegene Ohrfeige übers schrumpelige Gesicht.

Als sie beleidigt davonstolziert war, rieb sich Mailo betrübt seine schmerzende Backe und fluchte in sich hinein. Traurig starrte er ihr noch eine Weile nach, bevor sie ihn nochmal angewidert anfunkelte und dann aus dem Sehradius seiner geschwächten Augen verschwand. Sie war wunderschön gewesen und in ihrer Form hätte er so viele wunderbare Dinge tun können. Aber nein. So reizend diese Vorstellung auch sein mochte, er musste seine Aufmerksamkeit jetzt anderen Angelegenheiten widmen und durfte sich dabei von seinen Sehnsüchten nicht übermannen lassen. Mailo musste einen abtrünnigen Magier fassen und mit der physischen Stärke eines zarten Körpers würde er das ganz sicher nicht bewerkstelligen können. Er benötigte jemanden wie den Schmied. Einen Muskelprotz, dessen Arme so dick wie Baumstämme waren und der mit seinen adrigen Fäusten jemandem solch einen Schlag ins Gesicht verpassen konnte, dass die Person davon ohnmächtig wurde. Aber wo sollte er so jemanden finden?

Phlegmatisch ließ er seinen trägen Blick über den großen Markplatz schweifen, während das Rauschen des Meeres hinter seinem Rücken seine Aufmerksamkeit weitaus mehr anzog als die zahlreichen Personen vor ihm. Direkt in der Mitte der Bucht, in welcher die Docks lagen, umringt von steilen Klippen, ragte eine gigantische Felssäule aus den Meereswellen, auf der eine weiß-graue Burg mit hohen Mauern, langen Türmen und blauen Dächern thronte. Das Schloss Hohenschwansee, der Sitz der Regierung Wystbachs. Von dort aus hatte man sicherlich einen wunderbaren Ausblick über die gesamte Stadt, deren Häuser man am Rande der aufragenden Klippen erbaut hatte. Von den alten Häusern der

Arbeiter im Kohleviertel auf der linken Seite, über die grellen Paläste des reichen Quarzviertels mit dem pompösen Marmorgebäude der Akademie in der mathematisch genauen Mitte, bis hin zu dem verkommenen Ghetto des Rebenbuckels auf der rechten Seite.

Mailo rieb sich langsam über die hitzige Stirn, unter der es wie ein Erdbeben dröhnte und betrachtete seufzend den fleckigen, rötlichen Hautauschlag auf seinem Bauch. Er hatte wahrscheinlich einmal wieder Syphilis, aber das sollte ja kein sonderlich großes Problem sein, sofern er möglichst bald wieder eine neue Form finden würde.

Unruhig drehte er den silbernen Ring mit dem roten Granat an seinem Finger hin und her. Hier unten auf dem Markt an den Docks hatten sich allerlei Individuen versammelt, deren Gestalten – ob sie nun klein oder groß, dick oder dünn, männlich oder weiblich, schön oder auch optisch anspruchsvoll waren – allerlei schelmische Pläne in seinem Kopf erzeugten. Keine von ihnen erweckte jedoch den Anschein, es mit einem Magier aufnehmen zu können. Als Janustri besaß er die Fähigkeit, das komplette Außenbild einer Person mit all ihren physischen Stärken und Schwächen vollständig zu kopieren, was er jedoch nicht vermochte, war es, deren mentale, intellektuelle oder spirituelle Fähigkeiten anzunehmen. Seine Imitation war also nichts weiter als eine inhaltslose Hülle, in welcher nur der ansonsten untalentierte Mailo Mahilo steckte. Selbst wenn er nun einen anderen Magier antreffen sollte, konnte er also nur dessen Körper, nicht aber seine magischen Begabungen für sich gewinnen. Unglücklicherweise konnte man Magie jedoch am besten mit Magie bekämpfen.

Es war also klar, dass er mit reiner körperlicher Stärke – egal welcher Natur – keine Chance gegen den Magier hatte. Deswegen musste er jene Taktik anwenden, für welche seinesgleichen bekannt war, die altbewehrte Manipulation. Ja, selbst der mächtigste Magier, der weiseste Zauberer oder der talentierteste Schamane unterlagen den gewöhnlichen Trieben eines jeden anderen humanen Wesens. Denn so mächtig diese Individuen auch sein mochten, sie alle waren aus Fleisch und Blut und mussten sich irgendwie fortpflanzen. Die einzige Methode mit annähernden Erfolgschancen, den Magier zu fassen, war es also, seine primitiven Grundbedürfnisse gegen ihn zu verwenden.

Erneut durchforstete er zielstrebig den Marktplatz, auch wenn der milchige Blick des Greises dies außerordentlich verkomplizierte. Es war ein sonniger Freitagmittag, vielleicht der letzte schöne Tag dieses Jahres, bevor die Kälte des Winters sie bald heimsuchen würde. Dementsprechend hatte sich auch eine beträchtliche Menge an Leuten hier versammelt, welche die letzten Reste der Herbstwärme noch in vollen Zügen auskosten wollten. Doch die Suche nach der besten Gestalt war dabei vergleichbar mit einer Nadel im Heuhaufen und unter den momentanen Umständen und dem daraus resultierenden Druck war Mailo wählerischer als eine quengelnde Prinzessin. Vetikor hatte ihm klargemacht, dass er es ganz sicher nicht auf die leichte Schulter nehmen würde, sollte er mit leeren Händen am heutigen Abend auftauchen. Die Zeit drängte also.

Er musterte nachgrübelnd eine Unzahl an Damen und Mädchen, doch bei jeder Einzelnen von ihnen konnte er immer mindestens einen Makel finden. Oh ja, Perfektion war zweifellos eine Rarität, beinahe unmöglich zu finden und noch viel schwieriger zu imitieren. Doch das Schlimmste von allem – sie lag im Auge des Betrachters. Was wäre denn, würde der Magier sich nun weniger für die Reize der Frauen und vielmehr für die des männlichen Geschlechtes interessieren? Für gewöhnlich benötigte Mailo bei Unterfangen wie diesen immer zumindest über eine gewisse Grundinformation bezüglich seiner Zielperson. Deren Vorlieben, Angewohnheiten oder weiß der Kuckuck was. Doch von seinem aktuellen Opfer kannte er weder gewöhnliche Aufenthaltsorte noch bekannte Kontaktpersonen oder sexuelle Präferenzen, ja nicht einem ein vermaledeites Gesicht! Verdammt, Vetikor hatte ihm wohl mit Absicht eine unerfüllbare Mammutaufgabe auferlegt.

Und dann sah er sie. Eine schlaksige, junge Dame, seinem geschulten Urteil nach wahrscheinlich irgendwo Anfang ihrer zwanziger Jahre, mit schulterlangen, rotblonden Haaren, von denen sie die zwei vordersten Strähnen unsauber hinter ihrem rundlichen Kopf zusammengebunden hatte. Lächelnd nahm sie von einem Kaufmann eine Tüte frischen Obstes entgegen und reichte ihm im Gegenzug eine schimmernde Münze. Sie bedankte sich mit einem freundlichen Kopfnicken, rückte ihr kastanienbraunes Wams zurecht und marschierte dann mit elegantem Schritt davon. Nicht jedoch mit dem ordinären Hüftschwung liebreizender Damen, der Mailo in passender Form manchmal wegen der Simplizität der Reizauslösung fast schon langweilte, sondern in einer ungewöhnlich federhaften Manier, die an die tänzelnde Spruchhaftigkeit einer Akrobatin erinnerte. Auf keinen Fall mit der Absicht ausgeführt, irgendwelche faszinierten Blicke auf sich zu ziehen, wie es die ein oder andere Person vielleicht gerne tat, sondern einzig von einem Gefühl der Freiheit und Leichtigkeit erfüllt. Ja, diese junge Dame hatte etwas fast schon Magisches an sich!

Augenblicklich sprang der alte Greis von der Brüstung auf und humpelte der jungen Dame hinterher, bevor er sie aus den Augen verlieren konnte. Auf dem vollen Marktplatz konnte er sie selbstverständlich nicht ihrer Gestalt berauben, doch zu seinem Glück bog sie nach einem kurzen Zwischenstopp an einem Brotstand in eine kleine Seitengasse ab, wo zwischen hochgebauten Häusern eine enge Treppe den Hang zum Rebenbuckel hochführte. Besser hätte es nicht kommen können, dies war seine Chance. Mailo nahm sich eilig eine hölzerne Schüssel vom Straßenrand und holte dann humpelnd zur Rotblonden auf.

»Oh, mein liebes Fräulein«, wimmerte er wehleidig. »Verzeiht mir bitte die Störung, aber ich bin ein alter Mann, der sich weder Essen noch Trinken leisten kann. Würdet Ihr wohl einen winzig kleinen Groschen für mich übrighaben?«

Die Rotblonde lief federnden Schrittes weiter, schenkte ihm jedoch ein freundliches Lächeln über ihre Schulter. »Tut mir leid, Opa, aber ich bin selbst etwas knapp bei Kasse«, gab sie kurz zurück. »Such dir jemand anderen.«

»Ohhhh«, jammerte Mailo weiter und versuchte keuchend, mit ihr Schritt halten zu können. »Ich bin ein alter Mann, der nicht mehr arbeiten kann. Habt doch Mitleid mit mir!«

Mit einem Mal verschwand die freundliche Miene der jungen Dame und genervt rollte sie mit den Augen. »Ich habe es dir schon gesagt, Opa, ich kann derzeit keinen Groschen entbehren.«

Mailo blieb jedoch unnachgiebig. »Dann nur einen halben Groschen, liebes Fräulein! Ich habe Hunger, schrecklichen Hunger. Ich flehe Euch an, überlasst mich doch nicht dem Hungertod!«

»Ich habe *Nein* gesagt, Opa«, fauchte sie gereizt. »Von mir wirst du keinen roten Heller bekommen, also verzieh dich besser, bevor ich ungemütlich werde.«

Mit einem Mal umklammerte Mailo fest den schmalen Unterarm der jungen Dame und war gerade im Inbegriff, die uralten Worte aufzusagen, da geschah plötzlich etwas für ihn gänzlich Unerwartetes. Die Rotblonde machte eine blitzartige Bewegung ihres Handgelenkes, Mailo wurde durch eine schallende Druckwelle von den kleinen Füßen gerissen, flog quer durch die Gasse und donnerte mit voller Wucht gegen eine steinige Hauswand. Stöhnend rutsche er daran herab und landete auf einem Haufen Getreidesäcke, bis plötzlich um ihn herum alles dunkel wurde.

Tropf, Tropf, Tropf.

Mailo legte seinen feuchten Kopf in den Nacken und starrte böse das kleine Rohr über ihm an, aus welchem im nervigen Vierviertltakt immer wieder Tropfen übel stinkenden Wassers auf seine Stirn fielen.

Nachdem der an einen eisernen Stuhl gefesselte Greis für einige Minuten ein paar unschöne Schimpfwörter vor sich hingemurmelt hatte, nahm Mailo sich schließlich die Zeit, sein Gefängnis ein wenig zu betrachten. Nur befand er sich scheinbar überhaupt nicht in einer Zelle, sondern auf dem feuchten Fliesenboden eines steinernen Kerkern, von dessen finsterem Gewölbe eine zähe und übel aussehende Flüssigkeit rann. Dazu stank es schrecklich nach verfaulten Eiern und Hühnerdreck, denn er befand sich hier offensichtlich tief unter der Erde, im Darm der Stadt Wystbach – ihrer Kanalisation. Der Kerker war fast komplett abgedunkelt, einzig eine kleine Ansammlung an beinahe abgebrannten Kerzen flackerte unruhig neben einer breiten Werkbank aus morschem Holz. Dort erkannte Mailo mit zusammengekniffenen Augen ein Kollektiv an vergilbten Reagenzgläsern und Kolben. Daneben standen zwei große und ein etwas kleinerer Behälter, jeweils einmal mit einer farblosen, viskosen Flüssigkeit, einmal mit einer leicht gelblichen Lösung und einmal mit einer leicht bräunlichen Chemikalie gefüllt. In was für ein Alchemielabor war er hier nur zur Hölle geraten? Doch Mailo hatte in seinem Leben das ein oder andere über die Elemente und Mixturen der Chemie und Alchemie gelernt. Wenn er sich nur etwas anstrengte, sich etwas Zeit nahm und den Sinn der Logik anwandte, sollte er sie also mit etwas Glück richtig zuordnen können.

Letztendlich wären wohl unzählige Antworten möglich gewesen, doch nach einiger Zeit kam er schließlich zu dem Entschluss, dass dort auf dem Tisch höchstwahrscheinlich Schwefelsäure, Salpetersäure und Glycerin stehen mussten. Natürlich hatte er seine Entscheidung nicht allein von den Farben oder der Viskosität abhängig gemacht, sondern auch von reiner Logik. Denn genau mit diesen Komponenten konnte man mit genug Expertise eine gewisse Chemikalie herstellen – einen Stoff, der es vermochte, …

Mit einem Mal wurde plötzlich irgendwo eine rostige Metalltüre geöffnet und der Klang zweier Stiefel ertönte, die durch den Unrat langsam auf ihn zu schlenderten. Aus dem Schatten trat schließlich wie zu erwarten die rotblonde Frau mit verschränkten Armen vor ihrem Wams. Beim Anblick des gefesselten Greises hob sie eine ihrer dünnen Augenbrauen an, seufzte dann und wandte sich einfach kommentarlos von ihm ab, um sich den Reagenzgläsern ihrer Werkbank zu widmen.

»Oh, wahrhaftige Gastfreundschaft!«, scherzte Mailo gehässig. »Wirklich, dein Zuhause ist extraordinär liebreizend, meine liebe. Dein Geschmack für Inneneinrichtung ist wirklich nicht von dieser

Welt und ich kann sehen, dass du eine Expertin im Fachgebiet von betörenden Düften bist. Hast du die Wände etwa selbst gestrichen? Oh, das nenne ich wahre Kunst!«

Die Rotblonde widmete ihn keines Blickes. Stattdessen machte sie eine rasche Bewegung ihrer Hand, wodurch wie aus dem Nichts ein Funke aus ihren Fingerspitzen aufzuckte und den Docht einer weiteren Kerze in Flammen setzte, sodass sie mehr auf ihrem Arbeitstisch erkennen konnte.

Mailo staunte auf. »Aeromantie und Pyromantie zugleich? Luft und Feuer? Das ist ja mal eine außerordentliche Seltenheit, auf jemanden zu treffen, der gleich die Begabungen zweier Künste besitzt. Bist du etwa ein Wunderkind oder sowas?«

Kein Kommentar der Rotblonden. Sie arbeitete nur stumm weiter an ihren Reagenzgläsern rum.

Mailo rollte genervt mit den Augen. »Verflixt und zugenäht, noch einmal. Hallo, kannst du mich überhaupt hören oder bist du etwa plötzlich taub geworden? Wo genau bin ich hier und was genau willst du von mir? Was zum Henker soll das alles? Warum hast du mich nicht einfach in dieser Gasse zurückgelassen, sondern mich stattdessen in diese stinkende Kloake verschleppt? Und was hat es mit den ganzen Chemikalien da auf sich? Warum zur Malis stellst du hier Nitroglycerin her? Willst du irgendetwas in die Luft sprengen oder … « Dann kam es ihm. Gerade wollte er sich gegen die Stirn klatschen, da fiel ihm wieder auf, dass seine Hände immer noch an den Stuhl gefesselt waren. »Oh, wie verblödet war ich denn bitte? Jetzt verstehe ich es erst. Natürlich! Ich hätte wirklich mit allem gerechnet, aber an eine Frau habe ich tatsächlich nicht gedacht. Du bist es! Haha, verdammt, ich suche vergebens nach einer Möglichkeit, dich irgendwie bezwingen zu können, und gerade auf der Suche danach treffe ich plötzlich durch Zufall auf dich. Wer hätte denn damit rechnen können?«

Die Rotblonde wandte sich von ihrer Werkbank ab, drehte sich mit schroffem Blick in Richtung ihres Gefangenen und stützte die Arme auf die Tischplatte hinter sich. Sie legte ihren Kopf ein wenig schräg und musterte den alten Greis scheel. Dann seufzte sie. »Also hat er dich nach mir geschickt … Der Vampir, nicht wahr?«

Mailo biss sich ärgerlich auf seine vorlaute Zunge. Er hatte schon wieder zu viel von sich gegeben. Und das nur, weil er verdammt nochmal nicht den Mund halten konnte. Verflixt und zugenäht!

Die Rotblonde erkannte seine Grimasse sofort und schien sie gleich richtig zu deuten. Sie schmunzelte ein wenig schadenfreudig und ließ von der Theke ab, um mit verschränkten Armen auf ihren Gefangenen zuzuschlendern. »Dann ist es wohl so«, seufzte sie. »Vetikor ist mir auf der Spur. Niemals hätte ich aber damit gerechnet, dass er einen Janustri nach mir schicken würde.«

Als sie Mailos plötzlich verdutzte Visage sah, dem wohl gerade unbewusst die Kinnlade heruntergefallen war, wanderte ihr rechter Mundwinkel noch ein wenig weiter die Wange hinauf.

»Was? Denkst du etwa, ich würde einen Janustri nicht auf den ersten Blick erkennen können?«, lachte sie höhnisch. »Ihr mögt vielleicht die Haut einer jeden Person annehmen können, aber wenn es um die Fähigkeit des Schauspiels geht, könntet ihr euch nicht einmal mit einem einfachen Straßengaukler messen. Wenn ich mir den verdatterten Ausdruck in deinem Gesicht so ansehe, scheinst du es offensichtlich immer noch nicht begriffen zu haben, wie genau ich deine Identität durchschaut habe, Janustri. Aber ich will mal so freundlich sein, es dir zu erklären. Wenn ein alter Mann auf einem Markplatz einer jungen, attraktiven Dame nachstarrt, dann leuchtet in seinen Augen für gewöhnlich das Bedürfnis danach auf, wieder jung und gutaussehend sein zu können, um es sich anmaßen zu dürfen, mit dieser holden Maid etwas Süßholz zu raspeln. Du aber, Janustri, hast die Frau vorhin auf dem Markplatz mit ganz anderen Blicken betrachtet. Du wolltest nicht mit ihr das Bett teilen, du empfandest nicht einmal die geringsten sexuellen Gefühle ihr gegenüber oder auch nicht irgendetwas dergleichen. Nein, du wolltest nicht mit ihr sein, sondern in ihr – und damit meine ich nicht im zweideutigen Sinne. Dir ging die Vorstellung durch den Kopf, wie es sich wohl anfühlen würde, sie zu sein, ihre Haut an dir zu tragen, die Leichtigkeit ihrer Gliedmaßen zu spüren, die Eindrücke ihrer Sinne wahrzunehmen. Dieses Verlangen stand dir ins Gesicht geschrieben. Ein Verlangen, welches für gewöhnlich kein alter Greis empfindet, da ihm derartige Vorstellungen gar nicht in den Sinn kommen würden. Und obendrauf kommt natürlich noch deine Kleidungswahl. Ein alter Knacker, der den viel zu großen Mantel eines Admirals auf den Schultern liegen hat und dazu einen silbernen Klunker mit rotem Granat am Finger trägt. Das sticht einfach irgendwie heraus. Somit wusste ich sofort, dass du ein Janustri bist.«

Mailo senkte hochachtungsvoll das Haupt. »Alle Achtung!«, ließ er verlauten. »Es geschieht nicht oft, dass Leute mit der Natur der Janustri vertraut sind. In der Regel schiebt die Allgemeinbevölkerung meinesgleichen in die Welt der Ammenmärchen ab und befasst sich von da an nicht weiter mit uns. Nun ja, so wie es teilweise auch mit dem Großteil der magischen Gesellschaft ist.« Er stockte. »Aber jetzt da wir beide ja ins schöne Gespräch gekommen sind, willst du mir doch sicherlich erläutern, warum zur Hölle du genau Vetikor ausgeraubt hast. Es gibt unzählige andere Möglichkeiten hier in Wystbach, illegal an Geld zu kommen, warum ausgerechnet die Bank eines rachsüchtigen Vampirs?«

Die Rotblonde schnaubte spöttisch. »Oh, Janustri, du verstehst in deiner kleinen Welt aus Unsinn und Schabernack wirklich nichts von der Welt um dich herum. Da du ja jetzt bereits weißt, dass ich die Täterin war, hat es wahrscheinlich keinen Sinn mehr, dir irgendwelche Wahrheiten vorzuenthalten.« Sie kratzte sich an der runden Nase und kehrte dann an ihre Werkbank zurück, wo sie sich wieder gelassen abstützte. »Als ich Vetikors Bank ausraubte, ging es mir nicht im Geringsten ums Geld. Wenn du es wissen willst, ich habe die gesamte Beute bereits unter anonymem Namen an verschiedene Waisenhäuser und soziale Einrichtungen gespendet. Ich wollte mich nämlich dadurch nicht finanziell bereichern, sondern einzig Vetikor so tiefschneidend wie möglich schaden.«

Mailo hob die Brauen. »Warum der Groll? Hat der böse Vampir etwa deiner Familie vor vielen Jahren das Blut aus den Adern gesogen, dass du dich nun auf einen hasserfüllten Rachefeldzug gegen ihn begeben hast, um den Tod deiner Liebsten zu rächen?«

»Rede keinen Unsinn«, zischte die Rotblonde scharf. »Vetikor mag ein Vampir sein, aber er ist kein Monster – zumindest nicht im traditionellen Sinne. Ich weiß, dass ihr Janustri manchmal nicht gerade die Hellsten seid, aber auch du solltest es langsam begriffen haben. Oder bist du etwa immer noch nicht dahintergekommen, was Vetikor wirklich im Schilde führt?«

»Du sprichst doch gerade nicht etwa vom großen Plan?«

»Natürlich spreche ich von seinem großen Plan!« Die Rotblonde nahm erneut die Hände von der Theke und rieb sich stattdessen die glatte Stirn. »Jeder in der magischen Gemeinschaft hat langsam die Gerüchte darüber mitbekommen, dass Vetikor einen Plan aushecht. Soweit ich es weiß, ist das Getratsche darüber bereits sogar den hohen Regenten zu Ohr gekommen. Doch was auch immer du über seinen Plan gehört haben magst, er wird nicht wie erhofft ausgehen. Deswegen werde ich ihn vereiteln.«

»Ahhh«, machte Mailo, obwohl er bisher nur die Hälfte der ganzen Sache verstanden hatte. »Und darum hast du Vetikors Bank ausgeraubt. Nur leider hast du ihn damit nicht wirklich nicht geschwächt, sondern ihn lediglich sehr wütend auf dich gemacht.«

»Ja, das hatte ich dabei leider nicht bedacht«, gab die Rotblonde zu. »Doch Vetikor ist ein gerissenes Individuum, er verschleiert seine Geschäfte gut. All seine Betriebe ausfindig zu machen, ist nicht gerade eine freudige Schnitzeljagd. Ich dachte, mit dem Raubüberfall auf die Dracûl-Bank könnte ich ihm so zusetzen, dass er vorerst seine Pläne zurückstellen muss, doch ich habe ihn leider nicht im Geringsten damit geschwächt. Nun stehe ich mit meinem Plan gerade in einer Sackgasse.«

»Aber warum nur?« Mailo verzog wieder perplex die schrulligen Züge des alten Mannes. »Warum willst du Vetikors Plan vereiteln? Wenn man den Gerüchten Glauben schenken darf, soll er ja anscheinend die Ordnungen der Welt für immer auf den Kopf stellen. Möglicherweise könnte das für Unseresgleichen die Welt zum Besseren verändern. Warum zum Kuckuck willst du das also verhindern?«

Die Rotblonde sah ihn ernst an. »Weil sein Plan scheitern wird. Ja, er wird scheitern und zum Blutvergießen führen, unserem Blut. Allem Anschein nach kennst du nicht die genauen Details seines Plans – ich übrigens auch nur zu Teilen –, aber ich bin mir über so viel im Klaren, dass ich mit Sicherheit sagen kann, dass wir nicht bekommen werden, was wir uns erhoffen. Das liegt daran, dass Vetikors Herangehensweise die falsche ist. Sein Werkzeug ist allein der Hass und mit dem wird er nicht sonderlich weit kommen.«

Mailo lachte belustigt über ihre Bemerkung. »Vetikors Werkzeug der Hass?« Er würde sich gackernd auf die Schenkel klopfen, wären seine Hände nicht gerade demobilisiert. »Was denkst du denn, was er sonst verwenden soll? Den Humor? Vetikor ist ein Vampir, er hat seit seiner Geburt nichts anderes als Hass erlebt. Der Mann kennt weder Liebe noch Zuneigungen, sondern einzig Fackeln und Mistgabeln. Willst du es ihm da wirklich verübeln, dass er auch anderen mit Hass begegnet?«

Die Rotblonde spuckte aus. »Du verstehst es nicht. Weder ihn noch mich. Du bist ein Janustri, du hast keine Ahnung von sowas. Und dazu noch ein Mann!«

»Ah, ah, ah.« Mailo hob sogleich widerspruchsvoll den dürren Finger und schüttelte ihn schelmisch schmunzelnd. »Wir Janustri sind alle Zwitter, geschlechtsneutral, wenn du es so willst. Ich bin nur dann ein Mann, wenn ich es mir wünsche.«

»Genau das ist ja das Problem!« Mit einem Augenblick sprang die Rotblonde von ihrer Werkbank auf. »Du kannst dich entscheiden, wann du wer und wann du wie sein möchtest. Jeder deiner Makel, jede Abnormität deines Körpers und jedes Anzeichen für geringeren Stand an dir kannst du mit ein paar Sprüchen einfach verbergen und damit unbemerkt in der Masse der Normalität untertauchen. Ich kann das nicht! Die Kurven meiner Taille, den bleichen Ton meiner Haut und die knollige Form meiner Nase trage ich vierundzwanzig Stunden am Tag an meinem Körper, dass sie jeder dahergelaufene Drecksack sehen und sich darüber auskotzen kann. Ja, Janustri, ich bin nicht nur eine Frau und eine verhunzte Magierin, sondern auch ein unehelich gezeugter Mischling. Meine Mutter war eine Pax, mein Vater ein Schneekrieger und das zwischen ihnen war alles andere als Liebe. Ja, ich bin sozusagen die Missgeburt der Gesellschaft. Erzähl mir also nichts davon, wie es ist, vom ersten Atemzug an nur Hass und Verachtung erlebt zu haben, denn ich habe es getan! Doch das ist etwas, was jemand wie du niemals verstehen könnte.«

Für einen Moment herrschte unruhige Stille, dann seufzte die Rotblonde schließlich und fuhr fort »Ich trage den exakt selben Hass in mir, von dem Vetikor auch erfüllt ist. Ich kann genau nachvollziehen, was in seinem Kopf vor sich geht, doch im Gegensatz zu ihm lasse ich mich nicht von meinem Hass zerfressen und blenden.« Sie legte eine kurze Pause ein und seufzte erneut. »Aber wie dem auch sei. Ob du es nun verstehst oder nicht, ich darf nicht zulassen, dass Vetikor seinen Plan ausführt. Er will den Hass, den die magische Gemeinschaft erfahren muss, lediglich mit dem gleichen Hass begleichen. Unrecht soll mit gleichem Unrecht gesühnt werden, ungeachtet dessen, wer tatsächlich überhaupt schuldig ist. Aber Hass darf nicht mit Hass bekämpft werden, Janustri, denn das führt nur zu noch mehr Hass. Es ist ein ewiger Teufelskreis, der nie ein Ende finden wird. Sollte Vetikor mit seinem Plan durchkommen, wird Wystbach ins Chaos verfallen – zum Verderben aller Bürger. Deswegen muss ich ihn aufhalten, verstehst du? Ich habe keine andere Wahl, denn es ist das einzig Richtige. Ansonsten werden wir nämlich bald keinen Winterwein mehr trinken können.«

Mailo kicherte ein wenig. »Oh, wenn ich mich nicht irre, sollte die Erntezeit nächste Woche beginnen. Soweit ich weiß, wird sie dieses Jahr schlechter als die Jahre zuvor ausfallen, somit werden die Preise wahrscheinlich durch die Decke gehen. Aber dennoch heißt das ja nicht, dass wir deswegen auf diesen warmen Geschmack ver … «

»Das war eine Redewendung«, knurrte die Rotblonde. »Spiel nicht den Dummen, Janustri, das weiß doch jedes Kind.

Winterwein ist nicht nur ein heißes Alkoholgetränk, sondern auch eine Metapher für …«

»Ich weiß, was es bedeutet.« Der Janustri grinste schief.

Die Rotblonde seufzte nur erneut. »So, genug Schabernack. Ich habe Wichtigeres mit meiner Zeit zu tun, ich brauche sie nicht mit dir zu verschwenden. Kann ich also darauf zählen, dass du dich mir dabei nicht in den Weg stellen wirst?«

Mailo zögerte für einen Moment. Er hatte eine Abmachung mit Vetikor gemacht – den langfingrigen Magier und das gestohlene Gold aufzuspüren und beides zu ihm zu bringen. Für gewöhnlich hielt er ja eigentlich nicht sonderlich viel von Ehrlichkeit, aber hier ging es auch nicht um Ehre oder dergleichen Unsinn, sondern um seinen eigenen Hals. Die Rotblonde hatte Recht, Vetikor war von Hass erfüllt, aber nicht nur gegen seine Feinde, sondern auch gegen Verräter. Sollte Mailo ihm in den Rücken fallen, würde der Vampir ihn voller Rachsucht und ohne Mitleid ausfindig und kurzen Prozess mit ihm machen. Außerdem war hierbei auch eine Menge Geld im Spiel, das Mailo nicht einfach so vergessen durfte. Er war immerhin ein Wesen aus Fleisch, Blut und mit Stoffwechsel, das sich irgendwie ernähren musste. Ob es nun moralisch richtig war oder nicht, er musste diesen Auftrag erfüllen, denn er brauchte Vetikors Vertrauen. Das Überleben stand hier über der Moral.

»Du überlegst«, bemerkte die Rotblonde misstrauisch. »Und zwar zu lange. Das heißt nichts Gutes.« Sie seufzte erneut. »Also gut, Janustri, hör mir zu. Ich weiß, dass Vetikor dich angeheuert hat, um mich für den Überfall zur Rechenschaft zu ziehen. Höchstwahrscheinlich will er von dir, dass du ihm mich als Gefangene gemeinsam mit dem gestohlenen Gold aushändigst. Nur leider ist es so, dass das Gold bereits in halb Wystbach verteilt ist und du gerade die Rolle des Gefangenen trägst. Aber Vetikors Methoden sind nicht die meinen. Ich bin willens, dich laufen zu lassen, wenn du mir versprichst, ein guter Janustri zu sein und dich einfach aus der ganzen Angelegenheit rauszuhalten. Glaub mir, es ist das Beste für dich. Vetikor ist ein gefährlicher Mann mit noch gefährlicheren Plänen. Lass dich lieber nicht mit ihm ein! Es wäre schade, wenn in dieser Welt noch ein weiterer Janustri das Zeitliche segnen müsste, wo es doch nur noch so wenige von euch gibt.«

Mailo tat so, als würde er tief darüber nachgrübeln. »Also gut, hör mir zu. Ich mache dir einen Vorschlag, Magierin«, sprach er schließlich ruhig. »Vetikor hat im verlassenen Carfax Anwesen der Van Harkers am Rande des Weißen Waldes morgen Abend ein Treffen der magischen Gemeinschaft Wystbachs einberufen. Wie ich mir vorstelle, wird er dort seinen großen Plan preisgeben. Lass uns gemeinsam dort hingehen, damit wir uns seine Worte, seine Argumente und seine Ansichten genauestens anhören können. Dabei werden wir dann auch sehen, wie die allgemeine Meinung dazu in der magischen Gemeinschaft steht. Und wer weiß? Vielleicht wird mich der Hass Vetikors Zunge so anwidern, dass ich mich gegen seinen Plan und auf deine Seite stellen werde oder aber du lernst dadurch Einsicht und schließt dich seinem Gefolge an. Das klingt doch nach einem fairen Kompromiss, oder? Also, was hältst du davon?«

Die Rotblonde kehrte schlendernd an ihre Theke zurück und ließ sich dort auf ihrem Hintern gemächlich nieder. Dann geriet sie plötzlich in schallendes Gelächter. »Du willst mich doch auf den Arm nehmen, Janustri! Bist du wirklich so hirnverbrannt, dass du denkst, ich wäre dumm genug, auf so eine naive Falle hereinzufallen? Natürlich können wir gemeinsam zum Carfax Anwesen gehen, nur damit du dich plötzlich von mir losreißt, dich vom Acker machst und sofort irgendeine zufällige Gestalt als Versteck nutzt. Oder du machst es für mich noch schöner und stolperst gleich Hals über Kopf zum Magister Vetikor, sodass er mich festnehmen und vierteilen kann. Du bist ein schrecklicher Lügner, Janustri. Ich bitte dich, als ob dich das Richtig und das Falsch in alledem auch nur einen Hauch interessieren würde. Geschweige denn die Meinung der magischen Gemeinschaft. Dir geht es doch nur ums Geld und um deinen Hals. Nein, Janustri, so naiv bin ich dann auch wieder nicht.«

Mailos schwenkte den Kopf genervt hin und her. »Ja, ja, schon klar«, murrte er. »Du bist ein ganz kluges Köpfchen, verstanden, und ich ein hinterfotziger Verräter. Und wahrscheinlich hast du auch irgendwo mit deiner Annahme Recht. Aber ich meine es ernst. Ob ich dich nun Vetikor ausliefern möchte oder nicht, geh trotzdem morgen Abend zum Carfax Anwesen – mit oder ohne meine Gesellschaft, wie du willst. Hör dir an, was Vetikor zu sagen hat, aber verschaffe dir vor allem ein Bild darüber, was die magische Gemeinschaft von seinen Plänen hält. Sie sind es, die von alledem betroffen sind, und sie sollten auch entscheiden dürfen, wie es ablaufen wird. Jeder von ihnen hat das gleiche Leid wie du und der Vampir durchgemacht, deine Ansicht steht also nicht über der ihren.«

Die Rotblonde wandte den Blick ab und schien für eine Zeit tatsächlich über seine Worte nachzudenken. »Also gut«, gab sie schließlich von sich. »Ich lasse mich darauf ein. Ich werde morgen Abend zum Carfax Anwesen gehen und mir Vetikors Rede anhören. Ich tue das für die magische Gemeinschaft, ihr Wohl steht für mich an oberster Stelle. Um dir zu zeigen, wie ernst ich es meine, werde ich dich sogar dorthin mitnehmen. Ich will, dass du mit eigenen Augen siehst, dass der Plan des Vampirs zu nichts führt, und dann werde ich ihn an Ort und Stelle vereiteln – mit oder ohne deine Hilfe. Aber, Janustri … hör mir jetzt besser genau zu. Sobald ich nur den Hauch eines Gefühls davon bekomme, dass du mir in den Rücken fallen willst, werde ich dir meine Talente der Pyromantie beweisen, indem ich dir so den Schädel von den Schultern brenne, dass du dich fortan nur noch in einen Dullahan verwandeln kannst.«

Mailo grinste breit. »Auf das Schicksal eines kopflosen Reiters verzichte ich gerne. Auch wenn es eigentlich keinen ollen Groschen wert ist, gebe ich dir das Ehrenwort eines Janustri. Um dir meine Ehrlichkeit zu beweisen, werde ich mich dir sogar vorstellen. Mein Name ist Mailo Mahilo, der Janustri von Wystbach.«

Die Rotblonde nickte und trat direkt vor ihren Gefangenen. »Es ist mir eine Freude, dich kennenzulernen, Mailo Mahilo, Janustri von Wystbach«, meinte sich lächelnd. »Mein Name ist Elyne Paix-Erousseaú, der Vampirschrecken von Wystbach.«

NARVASTO, WYROS
26. Filaya.III 897
mehr als einhundert Jahre vor der Handlung ...

»Und dann kam es plötzlich aus dem Nichts auf mich herab«, wimmerte Renfield Van Harker, am ganzen Leibe zitternd. »Eine Bestie, ein fürchterliches Ungetüm. Mit schwingenden Flügeln wie jene einer Fledermaus, aber mit der gigantischen Spannweite eines Albatros. Ich habe keinen klaren Blick auf meinen Verfolger erhaschen können, mein werter Herr, doch ... ich habe es gehört. Es hat gefaucht wie eine tollwütige Wildkatze und geschrien wie eine herabstürzende Eule. Dieses Etwas war kein gewöhnliches Wesen, sondern ein Monster der Hölle. Es glich keiner existierenden Kreatur, die ich je zu Gesicht bekommen habe, keiner einzigen! Nicht in Solien, nicht in Cynien, ja nicht einmal in Dunkenehr ...«

»Doch dies ist Wyros«, unterbrach der hochgewachsene Mann vor dem Kamin ihn tiefen Tones. Seit Beginn ihres Gespräches hatte der kahlköpfige Riese ihm einzig sein breit gebautes Kreuz zugewandt und stumm in die Flammen zu seinen Füßen geblickt, wodurch er Renfield Van Harker einschüchternd die markante Narbe auf seinem Hinterkopf präsentiert hatte. »Ihr befindet Euch nicht länger östlich des Gebirges, Herr Van Harker von Carfax in Solien, sondern in den Ländern westlich davon. In Wyros, dem verfluchten Reich, weit weg von Eurer Heimat. Hier hausen Kreaturen, welche Ihr Ostleute Euch nicht einmal in Euren schrecklichsten Albträumen ausmalen könntet. Abscheuliche Bestien, die einzig aus den tiefsten Gruben der Hölle entstammen können. Eben so einem Geschöpf seid Ihr gestern Nacht über den Weg gelaufen ... und seid gerade so mit Eurem Leben davongekommen.«

Renfield Van Harker schluckte. »Gerade so«, wiederholte er. »Aber sagt mir doch bitte, werter Herr, was für eine Art Geschöpf war diese Ausgeburt nur? Und was muss ich tun, um meine Seele in Zukunft davor beschützen zu können?«

Der kahlköpfige und vernarbte Mann, den die wyrosschen Kaufleute in den Tavernen flüsternd und ehrfürchtig als *Bramish Stokerov* betitelt hatten, lachte böse und stach mit einem Schürhaken etwas in den Flammen umher. »Oh«, raunte er bedrohlich, während die Glut Funken sprühend aufleuchtete und wütend zischte. »Die Kreatur, von der Ihr sprecht, ist hier in Narvasto häufig anzutreffen. Wenn Ihr in Euren Beschreibungen nicht maßlos übertrieben habt, kann es sich bei Eurem Verfolger nur um einen mächtigen Nosferatu gehandelt haben – im Volksjargon auch oftmals als *Vampir* bezeichnet.«

»Ein Vampir?«, wiederholte Renfield Van Harker entsetzt.

»Ein Vampir«, bestätigte der breitschultrige Stokerov finster. »Eine Bestie, welche aus der Macht eines uralten Fluches geboren wird – durch einen Biss, um genau zu sein. Nosferati sind von gewöhnlichen Leuten kaum zu unterscheiden, denn sie haben das Kunststück makellos gemeistert, ihre wahre Natur ausnahmslos zu verbergen und als gewöhnliche Leute in der Masse unterzutauchen. Dadurch haben sie es vollbracht, die größten Adelshäuser der Aristokratie von Narvasto zu infiltrieren und die Macht über diese Stadt unter ihre blutigen Krallen zu bringen. Ja, Herr Van Harker, Ihr habt den ganzen weiten Weg aus Solien auf Euch genommen, um in einer Stadt unter der Herrschaft wahrhaftiger Monster zu stranden. Wenn sie es jedoch wünschen, die Nosferati, können sie ihre Fassade augenblicklich fallen lassen und ihre wahren scheußlichen Fratzen offenbaren. Haut so bleich wie Schnee, Ohren und Zähne so spitz wie rasiermesserscharfe Stilette, große Falkenaugen so schwarz wie Teer und Arme wie die Flügel einer gigantischen Fledermaus. Grässlich wie Tartarus selbst. Nachts, insbesondere bei Vollmond, lassen sie ihre humanoiden Gestalten hinter sich und nehmen ihre ursprünglichen Formen an, um im Schatten der Dunkelheit auf Jagd zu gehen. Denn das, Herr Van Harker, ist das Einzige in dieser finsteren Welt, was einen Nosferatu antreibt – der unstillbare Durst nach frischem Blut. Jahrhunderte lang können sie ohne Aussicht auf Tod überdauern, doch das Verlangen danach, mit ihren spitzen Zähnen warmes Blut aus pochenden Adern unter warmem Fleisch zu saugen, findet dabei niemals sein Ende. Die meisten, die den Biss eines Vampirs einmal zu oft erleben, werden von da an überhaupt nichts mehr erleben, da ihr Herz bald darauf den Schlag aufgibt. Einzig jene, die das richtige magische Mutagen im Körper tragen, kehren nach ihrem letzten Atemzug wieder in unsere Welt zurück, um fortan als neugeborener und zugleich untoter Nosferatu über diese Erde zu streifen. Stets auf der gierigen Suche nach süßem Blut. Sie sind keine denkenden Lebewesen mehr, sondern einzig blutrünstige und mordlustige Bestien, die vor keiner Brutalität zurückstrecken. Skrupellos, empathielos, herzlos ...« Er stocherte etwas weiter im Feuer umher.

»Und ...«, stotterte Renfield Van Harker, in die Tiefen seines Stuhles versunken. »Gibt es, werter Herr Stokerov, eine Möglichkeit, diese Kreaturen zu besiegen ... sie zu vernichten?«

Bramish Stokerov, der berüchtigte Monsterjäger von Narvasto, drehte sich langsam auf seiner eigenen Achse herum und blickte grinsend auf seinen kauernden Gast herab, vorfreudig die gelben Zähne fletschend. »Die gibt es, Herr Van Harker«, sprach er tief und griff nach dem massiven Schwertheft an seiner Hüfte, um eine breite, silbern schimmernde Klinge aus der Scheide hervorzuziehen. »Keine Sorge, hier im Kloster Snagov seid Ihr fürs Erste sicher, doch dort draußen warten die Grauen der Nosferati auf Euch. Es besteht keine in dieser Welt existierende Möglichkeit, wonach ein Vampir jemals im Sinne des Guten handeln könnte. Sie sind schändliche Kreaturen der Finsternis, welche man mit allen Mitteln bekämpfen muss. Und ich, Herr Van Harker, habe mich der Bekämpfung dieser Scheusale verschrieben. Ich werde nicht eher ruhen, bis jeder von ihnen zu Staub und Asche zerfallen ist, denn die Nosferati sind *Malum Incarnatum*. Sie sind das personifizierte Böse!«

KAPITEL 4

»Du hast mir eine bessere Gestalt als den alten Greis versprochen!«, nörgelte Mailo beleidigt und strich sich die braunen Strähnen aus ihrem kleinen Gesicht.

»Ich habe dir eine *andere* Gestalt als den alten Greis versprochen«, korrigierte Elyne sie mit einem schelmischen Lächeln. »Was hast du denn von mir erwartet, Janustri? Dass ich dir den Körper eines strammen Reckens besorge, mit dem du mich kurz und schnell bewusstlos schlagen kannst? Nein, so naiv bin ich nicht, das solltest du langsam wissen. Dir soll klar sein, dass es nicht einfach sein wird, mir in den Rücken zu fallen – und erst recht nicht, den daraus folgenden Konsequenzen ohne Brandverletzungen zu entkommen. Sieh es so, du musst dich zumindest nicht länger mit irgendwelchen Gelenkschmerzen oder schrumpeliger Haut abringen.«

»Aber mit nervtötenden Hormonschwankungen!« Mailo blickte mit angezogenen Nasenflügeln an ihrem kleinen und noch unterentwickelten Körper herab und schnaubte mit ungewohnt piepsender Stimme. »Wie alt bin ich bitte? Dreizehn? Vierzehn? Allerhöchstens fünfzehn? Himmelherrengötter und Sakrament noch einmal, meine Beine reichen ja nicht einmal bis zu den Steigbügeln dieses verflixten Gaules! Hast du eine Ahnung, wie lästig das ist?«

»Oh, ob du es glaubst oder nicht«, murmelte Elyne gehässig. »Aber ich habe diese Zeit selbst einmal durchgemacht.«

Mailo verzog ihre Lippen zu einer dünnen Linie. »Du hättest mir trotzdem irgendeine andere Gestalt verschaffen können. Irgendetwas anderes als diesen Rotzdreck hier!«

Elyne lachte für einen kurzen Moment, gab dann jedoch auch wieder einen aufgebrachten Seufzer von sich. »Kannst du mal bitte damit aufhören, die ganze Zeit so rumzunörgeln? Den ganzen Weg seit Wystbach hast du nur Gejammer von dir gegeben. Du siehst nicht nur aus wie ein vierzehnjähriges Mädchen, du benimmst dich langsam auch wie ein vierzehnjähriges Mädchen. Ich dachte eigentlich, Janustri könnten die Charakterzüge einer anderen Person nicht übernehmen.«

Mailo funkelte sie beleidigt an. »Und du, meine Liebe, benimmst dich nicht nur wie ein Rindvieh, du siehst auch aus wie …«

Ihr zynischer Konter wurde plötzlich von einem lauten Donnergrollen übertönt, in dessen Begleitung ein rascher Blitz über dem heruntergekommenen Gemäuer aufzuckte, das nun vor ihnen aus dem Boden ragte. Mit schwarzen, gotischen Mauern, von Löchern, zerschlagenen Fenstern und eingestürzten Dächern überzogen und hier und da mit einem spitzen Turm bespickt, kauerte es dort auf seinem kleinen Hügel und blickte wie ein gealterter Falke auf seine Gäste herab. Ein fragiles Bauwerk, seit Ewigkeiten verlassen und den Mächten der Natur zum Opfer gefallen. Ein Relikt einer anderen Zeit, vergraben unter Geröll und Ranken. Ja, sie hatten endlich das alte Carfax Anwesen der Van Harkers erreicht.

Das vor langer Zeit einmal angesehene Geschlecht der Van Harkers hatte bereits vor über einem Jahrhundert seinen letzten Totenschein ausgefüllt, dementsprechend war ihre ehemalige Residenz nun auch schon seit langem unbewohnt. Über das Ableben des letzten Van Harkers — einem Mann namens Renfield — war nichts Genaues bekannt, doch aufgrund der abstoßenden Gerüchte eines blutsaugenden Ungeheuers, welches ihm damals den Garaus gemacht haben soll, hielt jede vernünftige Person in der Regel zwei bis drei Meilen Abstand zu seinem Anwesen. Ja, diese verfallene Villa galt in den Augen der breiten Bevölkerung Soliens als von Dämonen besessenes Spukhaus — der perfekte Versammlungsort einer ebenso dämonischen Gemeinschaft also. Denn am heutigen Abend sollten in diesem verlassenen Gemäuer mehr als nur der sonst immer einsam umherspukende Nosferatu ihr Unheil treiben.

»Keine Minute zu spät«, meinte Elyne und schwang sich von ihrem Pferd. »Komm, meine Kleine, lass uns dieser wunderbaren Feierlichkeit beiwohnen.«

Mailo, der ihr neuer Beiname überhaupt nicht gefiel, murmelte einige Flüche in sich hinein, gehorchte jedoch dem Befehl der

Magierin und band kurz darauf ihr Pferd in dem kleinen Stall neben das ihrer Begleitung. Gerade, als sie sich auf den Weg durch das Tor des Anwesens machen wollte, ertönte plötzlich neben ihr ein klickendes Geräusch. Überrascht blickte Mailo an ihrem dürren Handgelenk herab und erkannte einen metallenen Ring, der über eine dünne Kette mit dem Arm Elynes verbunden war.

Die Magierin schenkte ihr ein böses Lächeln. »Verzeih mir bitte die Unannehmlichkeit, aber wir wissen wohl beide, dass ich nicht auf einfaches Vertrauen setzen kann. Vergiss es mir ja nicht, dass wenn du Dummheiten im Sinn hast, meine Kleine, ich dich sofort am Genick packen und es dir durchrösten werde. Verstanden?«

Das kleine Mädchen funkelte sie zornig an. »Bestens verstanden.«

Nach einem weiteren Lächeln der Magierin machten die beiden sich schließlich auf den Weg durch das angelehnte Tor, während Mailo einige Male den silbernen Ring mit dem roten Granat an ihrem Finger hin und her drehte. Ein demolierter Pflastersteinweg schlängelte sich zwischen trist herabhängenden Weiden, enthaupteten Statuen und von Pflanzen überwucherten Obelisken einen kleinen Hang hinauf, auf welchem das Anwesen stumm vor sich hinwelkte. Mailo fühlte sich hier langsam vielmehr wie auf einem Friedhof als im Garten einer adligen Residenz. Bestärkt wurde dieser Eindruck umso mehr, als sie die dunklen Torflügel des Haupteinganges erreicht hatten, von dessen Torbogen zwei teuflische Gargoyles ihnen garstig ihre langen Zungen entgegenstreckten.

Elyne hob unglaubwürdig eine Augenbraue. »Zur Hölle, Janustri, wir sind gerade regelrecht im Inbegriff, die Höhle von Malum Incarnatum zu betreten und du willst mir immer noch weismachen, Vetikor stünde auf der guten Seite der Moral? Was für ein Spukhaus ist das hier bitte?«

»Das Carfax Anwesen«, murmelte Mailo und starrte den steinernen Gargoyles in ihre kalten, leeren Augen. »Jeder Bürger Wystbachs weiß, dass die Van Harkers Sektierer mit einem Hang zum Okkultismus waren. Sie praktizierten satanistische Rituale, in der Hoffnung, sich mit schwarzer Magie irgendwie bereichern zu können. Wahrscheinlich war es auch genau das, was schließlich zum Verderben dieser Schweinehunde geführt hat. Vetikor hat sich nur in diesem spukenden Gemäuer niedergelassen, weil sich hierher eigentlich sonst niemand wagt.«

»Oh, gleich so gelehrt und kultiviert, die Kleine«, spottete Elyne gehässig. »Wenn du schon so neunmalklug tun musst, dann sei wenigstens nicht gleich so vorurteilig. Ein Urteil sollten wir beide uns erst erlauben dürfen, sobald der heutige Abend vorüber ist.« Etwas unwohl wirkend rückte sie ihr Wams zurecht und legte ihre Hand dann vorsichtig auf den gehörnten Türgriff. »Nun gut, meine Kleine, lass uns das Spiel beginnen.«

Das Innere des Anwesens erfüllte überhaupt nicht die Erwartungen, welche seine Außenmauern erzeugten. Natürlich, es war ebenso heruntergekommen und verfallen wie der Rest des Gebäudes, doch in den breiten Gängen des Anwesens bot sich ihnen der sonderbare Anblick allerlei Personen, die zwischen dem verstaubten Mobiliar und den verrosteten Ritterrüstungen umherstreiften. Die vollständige Auflistung der Vielzahl an magischen Individuen hätte wohl oder übel den Rahmen gesprengt. Wenn Mailo sich nicht verschätzte, konnte die hier versammelte Menge nicht nur aus Wystbach stammen, sondern musste wohl aus allen Ecken Soliens angereist sein, wenn nicht sogar ganz Menorias. Dadurch war es selbstverständlich immer noch keine beachtliche Menge, doch der Anblick an sich war dennoch ein ungewöhnlicher.

»Lass uns keine Zeit verlieren«, drängte Elyne angespannt. »Irgendwo hier muss sich ein Raum befinden, wo Vetikor seine Rede halten wird.«

Hinter ein paar Abzweigungen der schiefen Gänge fanden sie besagten Raum auch schließlich in Form eines Speisesaals, welcher einzig vom durch Spinnweben hindurchschimmernden Licht eines Kronleuchters erhellt wurde und nun schon mit gut zweihundert gespannt wartenden Personen gefüllt war. Die Wände dieses Saales, von denen der Putz etwas rieselte, waren mit großen Ölgemälden geziert, die adlig wirkende Menschen gemeinsam mit heimtückisch grinsenden Teufeln, Kobolden, Dschinns und

Vampiren darstellten – ob im kühnen Kampfe oder auch im händeschüttelnden Pakt. Elyne und das kleine Mädchen quetschten sich durch die aufgeregt tuschelnde Menge hindurch, bis sie endlich einen guten Ausblick auf die Tribüne erlangten, welche man provisorisch aus Tischen und Stühlen errichtet hatte. Keinen Moment zu spät, denn exakt in jenem Moment, als sie zum Stehen kamen, ertönte scheppernd die Glocke auf dem höchsten Turm des Anwesens und augenblicklich verstummte die Menge.

Einzig in Begleitung des Gesangs des heulenden Windes, welcher durch die Löcher der Mauern zog, trat eine bucklig heranschlendernde Gestalt auf die Tribüne, gekleidet in einen engen Frack, mit einem langen schwarzen Mantel über den schmalen Schultern, welcher langsam durch den Staub am Boden hinterhergezogen wurde. Der Magister fuhr sich elegant mit seinen spitzen Fingernägeln über die halb kahle Stirn seines bleichen Hauptes und ließ seine roten Katzenaugen hinter dem goldenen Monokel forschend über die Menge der Versammelten wandern.

»So viele sind erschienen«, sprach er mit sanftem, einladendem Ton und lächelte zufrieden, wodurch er seine spitzen Zähne preisgab. »So viele Gefährten aus allen Teilen Menorias. Obwohl eine Vorstellung meinerseits für die meisten von euch wahrscheinlich nicht von Nöten sein wird, erlaubt sie mir bitte trotzdem. Mein Name ist Vetikor Dracûl van Zilvania.« Er verbeugte sich tief. »Der Letzte eines langen Geschlechts der mächtigsten Nosferati von Narvasto. Wie es wahrscheinlich niemanden von euch überrascht, bin ich der Einzige meiner Art in diesem Saal, da meinesgleichen in diesen Teilen der Welt nicht heimisch ist. Doch am heutigen Abend ist die Zeit gekommen, da wir unsere Verschiedenheiten beiseitelegen und erkennen müssen, dass wir alle an ein und demselben Problem zu leiden haben. Ob wir nun die prunkvollsten Paläste Soliens oder das verfallenste Ghetto des Rebenbuckels unser Zuhause nennen. Ob wir nun an diese oder jene Gottheit glauben. Ob wir nun Pyromant, Nekromant, Aquamant, Schamane, Vampir oder … Gestaltwandler sind. Denn wir alle haben unter den gleichen Lasten zu leiden.« Er hielt für einen Moment inne und ließ seinen Blick erneut wie das Licht eines Leuchtturmes über die Versammlung wandern. »Wir haben uns heute hier versammelt, um dieses Problem, welches uns alle betrifft, ein für alle Mal aus dieser Welt zu schaffen. Den Hass. Ja, der allgegenwärtige Hass auf das Andersartige. Die Verachtung des gemeinen Mannes gegen die Eigenschaften des ungemeinen Mannes. Jene Blicke und Taten, welche jeder von uns erlebt, sobald wir unsere wahren Gesichter zeigen. Doch nachdem wir all das über so viele Jahre hinweg erdulden mussten, stellt sich uns die einfache Frage … warum? Warum sind unsere Natur, unser Wesen und unsere Erscheinung so abartig, dass sie immerzu nur mit Hass und Verachtung begegnet werden? Warum sind gerade sie es, dieses selbsternannte *normale Volk,* welche die alleinige Entscheidungsmacht darüber besitzen, was in die Welt der Norm und was in die der Abartigkeit und Perversion gehört? Und warum sind wiederum ausgerechnet wir es, die all das einfach ohne ein Recht auf Selbstachtung über uns ergehen lassen müssen? Ja, wie lange soll es noch dauern, bis die gespitzten Mistgabeln, die aufgebrachten Meuten, die feindseligen Predigten und die lodernden Scheiterhaufen endlich ihr wohl verdientes Ende finden?« Der Vampir seufzte schwermütig. »Aber genug der Poesie, denn dieses Thema ist zu ernst, als dass ich es zu lange mit eloquenten Worten beschönigen wollen würde. Die Lage ist real, jenes Problem ist real, unser Leid ist real – doch nichts davon ist absolut oder unveränderbar. Nein, wir können etwas verändern! Und es ist höchste Zeit …«

Wieder machte er eine kurze Pause und gab seinen Zuhörern einen Moment, um seine Worte auf sich wirken zu lassen. Bisher erhielt er weder direkte Zustimmung noch wirkliche Ablehnung. Das leichte Getuschel deutete jedoch schon ungefähr eine Richtung an. Hier und da erschien sogar schon das ein oder andere Kopfnicken.

»Kommen wir nun aber zu den Fakten«, erhob Vetikor wieder ernst die Stimme. »Ich weiß, welche Gerüchte sich in den letzten paar Wochen in ganz Solien verbreitet haben. Gerüchte darüber, dass der Magister Vetikor van Zilvania einen Plan schmiedet, welcher die Ordnungen der Welt für immer auf den Kopf stellen soll. Und am heutigen Abend, unter dem Mond dieser alles entscheidenden Nacht, möchte ich euch allen die wahren Hintergründe dieser Gerüchte offenlegen. Ja, es hat alles seine Richtigkeit, ich habe einen Plan geschmiedet. Doch anders als die hohen Regenten Wystbachs in ihrem schimmernden Schloss so ausgiebig propagandieren, gedenke ich nicht, Solien ins Chaos zu stürzen. Nein, meine Gefährten, ich begehre nicht Anomie, sondern einzig und allein die Gerechtigkeit! Erlösung für jene, die gelitten haben, und Sühne für jene, die Leid zugefügt haben. Nicht ich bin es, der Tod und Verderben über andere bringen will, sondern nur derjenige, der meine Gefährten davon befreien möchte. Wer ist es denn, der Tag für Tag wie ein grässliches Monster unschuldiges Blut vergießt? Sind es die niederträchtigen Magier in den dreckigen Kloaken des Rebenbuckels oder doch eher die anständigen Männer in den edlen Gewändern, die Unschuldige an Scheiterhaufen verbrennen oder bei lebendigem Leibe auf Pfähle spießen? Die Furcht in den Seelen argloser Kinder verursachen und friedliebende Männer und Frauen an Stricken aus ihren trauten Heimen zerren? Sagt mir, meine Gefährten, welche Seite der Münze ist hier das tatsächliche Ungeheuer, dem man den Garaus machen sollte?«

Plötzlich tobten die Versammelten vor Begeisterung. Sie jubelten, sprangen energisch in die Höhe und schrien lautstark: »Die Monster! Die Unterdrücker! Die Regenten!«

Vetikor brachte die Versammlung mit einer eleganten Geste seiner langen Finger zum Schweigen. »Meine Gefährten, über Jahre hinweg musstet ihr euer Leid ertragen, während der Zorn und die Frustration in euren Herzen mit jedem weiteren Vergehen dieser Unterdrücker angestiegen ist. Doch nun ist der Zeitpunkt gekommen, in welchem ihr all diese Emotionen entfesseln und unseren Unterdrückern beweisen müsst, mit welchen Mächten sie es sich in ihrem Hochmut verspielt haben. Am morgigen Abend findet im Schloss Hohenschwansee eine Gala der hohen Regenten zur Feier der eintausendjährigen Geschichte Wystbachs statt, bei welcher sie in eleganten Kleidungen, zu sinnlicher Musik und mit kostbaren Speisen debattieren und diskutieren werden. An diesem Abend, an welchem sich die hohen Herren in ihrem Reichtum und ihrer Völlerei suhlen werden, wird die magische Gemeinschaft Soliens ihnen eine Lektion erteilen. Vergeltung für all die eintausend Jahre des Hasses, der Unterdrückung und des Todes. Sobald die letzten Sonnenstrahlen verschwunden sind und die Glocken des Schlosses Hohenschwansee siebzehn Uhr ankündigen, wird die magische Gemeinschaft aus ihrem Schatten auferstehen. Meine Gefährten, wenn es soweit ist, tut, wonach es euch beliebt und vollbringt, was auch immer ihr seit dem Anbeginn der Zeit verstecken müsst. Zeigt der Welt eure wahren Gesichter und seid, wer ihr in euren tiefsten Herzen wirklich seid. Lebt in Elan! Lebt in Vollkommenheit! Lebt in Freiheit! Und wenn sich euch jemand dabei in den Weg stellt, dann beseitigt sie. Wir besitzen die Kontrolle über die Elemente, über Geist und Sinne und über die Konzepte von Leben und Tod selbst. Wer soll uns denn da bitte aufhalten können, wenn wir uns nur vereinen? Die Zeiten der magischen Gemeinschaft in der Finsternis sind vorüber, denn nun treten wir ins Licht!«

Wieder Jubel. Wieder Begeisterung. Wieder Zustimmung.

»Und wenn dann schließlich ganz Wystbach unsere wahre Macht kennengelernt hat«, fuhr Vetikor euphorisch fort, »werden wir gemeinsam über die Brücke von Zanbar marschieren und Schloss Hohenschwansee an uns reißen. Die Tore werden uns offenstehen … niemand wird uns aufhalten können. Meine Gefährten, nach diesem Abend werden wir gemeinsam ein Wystbach schaffen, welches frei von Hass und Intoleranz ist. Dafür lasst uns streiten!«

Die Menge an Versammelten explodierte vor Begeisterung.

Ein Mann neben Elyne und Mailo klatschte freudig in seine Hände und sprach, an die beiden Damen gewandt: »Verdammt nochmal. All die Jahre! Oh, all diese langen Jahre haben wir darauf gewartet, dass endlich jemand den Mut beweist, etwas dagegen zu tun. Und nun ist es so weit! Endlich ist der Zeitpunkt gekommen, an dem wir in Frieden und Freiheit leben können. Ohne Furcht, ohne Hass und ohne Unterdrückung. Könnt ihr euch das vorstellen?«

Bevor Elyne oder Mailo eine Antwort darauf geben konnten, gebot der Magister Vetikor ihnen auch schon wieder Ruhe. Er senkte seinen langen Arm, verzog finster seine buschigen Augenbrauen und richtete seinen Blick auf die vor ihm versammelte Masse, als er würde er jedem Einzelnen davon in die Tiefen ihrer Augen blicken.

»Bevor ich euch alle nun eurer Wege gehen lasse«, knurrte er warnend, »lasst mich noch jenen, die mit dem Gedanken spielen, uns zu verraten, eines sagen. Die Geduld der magischen Gemeinschaft wurde schon lange genug überstrapaziert. Riskiert es nicht, dass ihr auch noch dazu beitragt, denn ich versichere euch, die Konsequenzen eures Verrates werden keinerlei Gnade mit sich bringen. Die magische Gemeinschaft wird auferstehen … und jene beseitigen, die uns weiter in Ketten legen wollen … «

»Ich glaube es ja nicht!« lachte Elyne spöttisch, als sie kurze Zeit später das Anwesen verließen. »Also wirklich, Janustri, wenn du nach dieser Hetzrede immer noch auf der Seite dieses Vampirs stehst, dann kann ich dich nicht weiter als intelligentes Wesen bezeichnen.« Sie stieg kopfschüttelnd die Stufen des Einganges hinab, betrat den Pflasterstein des verwachsenen Gartens und musterte die Schlange an magischen Individuen, die an ihnen vorbeizog. »Wie sie alle vor Begeisterung und Vorfreude strahlen. Bin ich denn wirklich die Einzige, die sieht, was hier tatsächlich vor sich geht?«

Mailo zögerte. Eine Antwort jedweder Art darauf wäre im Moment wohl weder sinnführend noch wahrheitsgemäß gewesen. Und selbst wenn sie es doch gewollt hätte, wäre sie überhaupt gar nicht dazu gekommen. Denn als die beiden den ersten der massiven Obelisken am Wegesrand den Hang hinab passierten, traten plötzlich zwei hochgewachsene, breitgebaute und matt-graue Gestalten dahinter hervor und versperrten ihnen den Weg. Zwei kantige und stumme Lehmmänner, die scheinbar beide das Massaker auf dem Rebenbuckel überlebt hatten.

»Der Magister will euch sprechen«, brummte der eine Golem schroff.

»Sofort«, betonte der andere im gleichen Tonfall.

Die beiden Damen blickten sich ratlos gegenseitig an.

»Scheiße«, fügte Elyne in sich hineinmurmelnd hinzu.

Wie zwei Gefangene führten die Golems sie – einer vor und einer hinter ihnen – zurück in die Gemäuer des Anwesens. Das jetzt verlassene und geräuschlose Gebäude entsprach nun vollkommen dem Anschein, welchen es von außen erzeugte. Die morschen Dielen knarzten klagend unter dem durch jeden Winkel der schmalen Gänge huschenden Wind, welcher wie ein wahrhaftiges Gespenst die Ritterrüstungen klirrend erzittern und die Spinnweben wie triste Schleier umherwehen ließ. Der leere Flur des Anwesens war nicht länger ein Versammlungsort faszinierender Individuen, sondern nun wieder die unheimliche Einöde einer makabren Kreatur, welche die Einsamkeit der Gesellschaft, ebenso wie die Dunkelheit dem Licht vorzog. Es war so klischeehaft, dass eigentlich nur noch das Spiel einer tiefen und pompösen Orgel fehlte, um der Umgebung in Begleitung des tosenden Donnergrollens das vollständige Ambiente der Sinfonie des Bösen zu verleihen.

Die zwei Golems führten sie ein heruntergekommenes Treppenhaus hinauf, welches unter deren Gewicht immer wieder bedrohlich fragil ächzte, marschierten durch einen Flur mit schrägem Boden und öffneten ihnen schließlich wegweisend eine große Doppeltür, deren Scharniere quietschend nach etwas Öl flehten. Hinter den beiden Türflügeln befand sich ein weites Zimmer, augenscheinlich früher einmal ein Salon, welcher nun aber größtenteils unmöbliert und abgedunkelt war. Den einzigen Bereich dieses Raumes, mit welchem man – der ausgeprägten Staubschicht und den markanten Vorhängen aus Spinnweben nach zu urteilen – in den letzten einhundert Jahren wohl auch nur irgendwie interagiert hatte, war der dicke Kamin an der einen Seite des Salons, in welchem ein kleines Feuer vor sich hin knisterte. Direkt daneben, unheimlich vom Schatten der tanzenden Flammen beschienen, stand ein heruntergekommenes Klavier, auf dessen Tasten zehn lange Finger eine triste Sonate klimperten. Als die vier Gäste den Raum betraten, verließen die Finger abrupt die gelben Tasten und ergriffen stattdessen ein langes Weinglas mit dunkelroter Flüssigkeit.

»Willkommen«, sprach Vetikor van Zilvania gemessen und schritt wie im Takt der trägen Sonate Schritt für Schritt auf die Ankömmlinge zu. Mit einem Fingerzucken des Vampirs wurden die Handgelenke der zwei Frauen plötzlich schlagartig von den schweren Händen der Golems umklammert und wie in einer Masse aus getrocknetem Lehm an einer Stelle fixiert. Vetikor kam direkt vor ihnen zum Stehen. »Da seid ihr nun endlich, zwei Verräter auf einen Schlag. Eine Bankräuberin, die mir mein Geld geraubt und ihre Brüder und Schwestern hintergangen hat, und ein Janustri, der mir ein Versprechen gab, mir stattdessen aber in den Rücken stach und dann versuchte, damit auch noch unter meiner Nase davonzukommen. Was soll ich jetzt nur mit euch beiden machen? Vertraut mir, wenn es um die Bestrafungen von Verrätern geht, kann ich sehr kreativ sein.« Er zögerte kurz. »Doch zu eurem Glück habe ich nun andere Pläne für euch.«

Mailo und Elyne sahen sich stumm fragend an. Dann wandte Mailo ihren Blick wieder irritiert auf Vetikor.

»Ach, verzieh nicht gleich so deine Grimasse, Janustri«, schimpfte der Vampir. »Bist du wirklich immer noch erstaunt darüber, dass dich jemand trotz anderer Gestalt erkannt hat? Du solltest langsam gelernt haben, dass ein geschultes Auge einen Janustri wie eine blinkende und surrende Nadel im Heuhaufen erkennen kann. Zu unserem Glück können sich unsere Feinde jedoch nicht als derartig geschult in solchen Gebieten bezeichnen. Anstatt also zu viel Zeit mit großen Reden zu vergeuden, kommen wir besser gleich zum Geschäft. Wie ihr es ja hoffentlich nun vollständig begriffen habt, bin ich im Inbegriff, einen Coup d'État gegen die Regierung von

Wystbach anzuzetteln. Ja, die magische Gemeinschaft wird revoltieren und sie wird siegreich daraus hervorgehen. Doch damit ist mein Plan noch nicht vollends ins Rollen geraten. Wenn ihr bei meiner Rede aufmerksam zugehört habt, sollte euch aufgefallen sein, dass ich davon sprach, dass uns das Tor zum Schloss Hohenschwansee offenstehen wird – jedoch ohne dabei zu erklären, wie genau ich die Öffnung dieses Tores bewerkstelligen möchte. Denn genau da kommst du ins Spiel, Janustri.« Der Vampir starrte Mailo vielsagend an. »Du meintest zu mir, du würdest alles für mich tun und dass du dir für keine Arbeit zu schade wärst. Jetzt will ich von deiner voreiligen Aussage Gebrauch machen und weise dir hiermit die essenziellste Aufgabe unserer Revolution zu.«

Mailo verzog irritiert das kindliche Gesicht. »Und was ist bitte aus Eurer Aussage geworden, Ihr würdet einem Tunichtgut wie mir nicht vertrauen?«

Grimmig verengte Vetikor seine roten Katzenaugen. »Glaub mir, Janustri, mein Vertrauen in dich ist noch so nicht existent wie bei unserer ersten Begegnung. Aber in dieser Angelegenheit brauche ich kein Vertrauen in dich. Denn hier geht es nicht um ein einzig mich betreffendes Gold oder einen einzig mich betreffenden Racheakt, sondern um eine uns alle betreffende Angelegenheit. Mich, dich, diese Bankräuberin hier und den gesamten Rest der magischen Gemeinschaft. Würdest du also meinen Plan hintergehen, würdest du damit nicht ausschließlich mich, sondern vor allem dich selbst verraten. Und ich kann mir vorstellen, dass ein so eigennütziges Wesen wie du dergleichen niemals über sich bringen könnte. Scheitert die Revolution, hast du ebenso unter den daraus resultierenden Konsequenzen zu leiden wie alle anderen Mitglieder der magischen Gemeinschaft. Es gibt keinen Mittelweg, keine Mesotes – nur das Verstecken oder die Revolution. Ich würde mich ja selbst darum kümmern, aber leider sind meine Kräfte nicht mehr das, was sie einst waren. Deswegen muss ich nun auf dich setzen, Janustri.«

Mailo schürzte die Lippen. »Und was«, fragte sie bedacht, »habt Ihr nun genau für mich geplant? Wie soll ich bitte dieses Tor öffnen?

Denn was physische Stärke angeht, wären Eure Golems da eine weitaus bessere Wahl.«

»Du bist ein Janustri«, meinte Vetikor nüchtern. »Ich habe dir schon einmal gesagt, deinesgleichen bestünde nur aus Unsinn treibenden Scharlatanen und Taugenichtsen. So wahrheitsgemäß diese Aussage auch sein mag, beinhaltet dieser Unsinn jedoch auch die Kunst der Täuschung. Ja, ihr Janustri seid Meister der Täuschung und deswegen wirst du täuschen. Du, Janustri, wirst in Gestalt einer der hohen Gäste morgen Abend die Gala der Regenten infiltrieren. Wenn es so weit ist und der Glockenturm siebzehn Uhr ankündigt, wirst du dich ins Pförtnerhaus schleichen, wo du zwei große Hebel vorfinden wirst, die jeweils rot und grün markiert sind. Mit dem roten Hebel senkst du die Zugbrücke, mit dem grünen schließt du das Fallgatter, welches sonst für gewöhnlich hochgezogen ist. Es ist dabei von außerordentlichster Wichtigkeit, dass du diese Hebel nicht verwechselt, da du das Fallgatter ohne Hilfe nicht wieder öffnen kannst. Du wirst mit dem roten Hebel allein die Zugbrücke für die revoltierende magische Gemeinschaft senken, damit wir Schloss Hohenschwansee stürmen und die Macht über Wystbach an uns reißen können. Ist das so weit verstanden?«

Mailo rieb sich nachdenklich das schmale Kinn. »So weit so gut, Euer genialer Plan«, murmelte sie, während ihr Blick immer wieder abwägend zwischen Elyne und Vetikor hin und her zuckte. »Aber diese Gala ist nur für geladene Gäste. Wie zum Kuckuck soll ich denn bitte an die Gestalt eines Regenten gelangen? Ich meine, diese Kerle laufen ja nicht wirklich gerade wie Kakerlaken in der Kloake durch die Straßen des Rebenbuckels – geschweige denn unbewacht! Ich habe Euch doch schon mal ausführlich erklärt, Magister, dass die Infiltrationsfähigkeiten eines Janustri ihre Grenzen ...«

»Halte mich nicht für einen Tor, Janustri!«, fauchte der Vampir zornig und rückte gereizt seinen hautengen Kragen zurecht. »Vertrau mir, dieser Plan ist gut durchdacht. Ich bin mir vollkommen darüber im Klaren, dass du dir die Gestalt eines Regenten nicht einfach wie eine Blutorange am Marktplatz besorgen kannst. Aus diesem Grunde habe ich auch vorgesorgt und dir, Janustri, die Arbeit abgenommen.«

Ruhig stellte er sein Weinglas auf dem Schreibtisch ab und schlenderte auf den großen, dunklen und elegant verzierten Wandschrank am anderen Ende des Raumes zu. Mit einem kräftigen Tritt gegen das alte Holz flog die Schranktür quietschend auf und offenbarte den Blick auf einen tiefliegenden Schemel, auf welchem – gefesselt und geknebelt – ein gut gebauter Mann kauerte, dem man unsauber einen dreckigen Sack über den Kopf gestülpt hatte. »Wenn ich vorstellen darf«, verkündete Vetikor und zog rasch den Sack vom Haupt des Mannes, wodurch dessen schulterlanges, schwarzes Haar elektrisch aufgeladen durch die Luft wirbelte und sein spitzer Ziegenbart aufgeregt umherzuckte. Zwei dunkle Augen, von dicken Schweißperlen umgeben, wanderten schlagartig von Person zu Person, dann blieben sie mit weiten Pupillen an dem Vampir hängen. »Regent Helirus Goebellin, Abgeordneter und Vorsitzender der Roten Partei im Stadtrat von Wystbach. Dazu Mitbegründer der allseits bekannten Militia Inquisitionis und Verantwortlicher für das kürzliche Massaker auf dem Rebenbuckel!« Er spuckte mit größtmöglicher Aversion aus und durchbohrte den Gefesselten mit seinen lodernden Augen. »Hier hast du deine Gestalt, Janustri! In Form dieses Ungeheuers wirst du morgen Abend die Gala auf Schloss Hohenschwansee infiltrieren. Du wirst um genau siebzehn Uhr das Tor für die magische Gemeinschaft öffnen und wenn du all das mit Bravour bewerkstelligt hast, wirst du Regent Randolph Wyonard, den Ackermann für die Saat unseres Leides, das Leben nehmen.«

»Ihr seid wahnsinnig!«, fuhr Elyne ihn entsetzt an. »Das könnt Ihr doch nicht ernst meinen! Welchen Sinn soll es bitteschön haben, Regent Wyonard das Leben zu nehmen?!«

Der Vampir fletschte erzürnt seine spitzen Zähne. »Ich meine es bitterernst, Bankräuberin!« Er wandte sich von dem Regenten ab, um wie ein rasender Windstoß auf die Magierin zuzupreschen. »Und es hat jeden verteufelten Sinn! Seit über zehn Jahren ist Randolph Wyonard bereits Bürgermeister Wystbachs und unter seiner langen Regentschaft ist der Hass gegen die magische Gemeinschaft gediehen wie Schimmel auf einer feuchten Oberfläche. Seit achtzehn Jahren treibt die Militia Inquisitionis jetzt schon ihr Unwesen in dieser Stadt und schlachtet Woche für Woche mehr unschuldige magische Individuen ab, während unser hoher Bürgermeister es tatenlos hinnimmt – genauso wie all die anderen Regenten, egal welcher Partei sie angehören. Weiß, Rot, Violett, Golden, Blau – das Einzige, was ihre gegensätzlichen Ideologien eint, ist der unsterbliche Hass gegen uns. Und da es nicht so aussieht, als würden sie gedenken, ihre verachtenden Ansichten uns gegenüber in nächster Zukunft irgendwie zu ändern, bleibt uns kein anderer Ausweg, als sie ihre eigene Medizin kosten zu lassen. Regent Randolph Wyonard, Regent Benedikt Petrovit, Regent Helirus Goebellin und der gesamte Rest ihres Gesindels, sie alle müssen für ihre Schandtaten büßen!«

»Aber das hat doch alles keinen Zweck!« Elyne wollte sich aus dem steinernen Griff des Golems entreißen, doch konnte sie ihre Arme in der festen Umklammerung nicht einmal um einen Millimeter bewegen – ebenso wenig, wie sie Magie anwenden konnte. »Magister Vetikor, Ihr redet hier davon, dem Hass ein für alle Mal ein Ende zu setzen. Das sind rechtschaffende Motive, doch wenn Ihr Schloss Hohenschwansee mit lodernden Fackeln stürmt und die dort versammelten Regenten kaltblütig ermordet, seid Ihr kein Stückchen besser als jene, die Ihr so verzweifelt bekämpfen wollt. Zwietracht als Verteidigung gegen die Verachtung ist keine Waffe, sondern nur ein Spiegel, durch den der Hass niemals ein Ende nimmt. Ein Wystbach nach Euren Vorstellungen wäre trotz all der Bemühungen und all der Opfer immer noch ein Wystbach des Hasses und der Verachtung – nur mit vertauschten Rollen. Ihr sprecht von Gerechtigkeit, aber so etwas kann doch keine Gerechtigkeit sein!«

»Was verlangst du denn dann, dass ich tue?«, schnaubte Vetikor bitter. »Dass ich hier in meinem Anwesen gemütlich die Beine hochlege und genüsslich Winterwein trinke, während auf den Straßen Wystbachs meine Brüder und Schwestern von der Militia

Inquisitionis wie Tiere gehetzt und dann am Scheiterhaufen gelyncht werden? Dass ich einfach teilnahmslos mitansehe, wie meinesgleichen im Versteckten hausen und sich vor höllischer Angst jeden Tag aufs Neue um ihr Leben fürchten muss? Ignoranz als Abwehr gegen die Verachtung ist kein Friede, sondern nur ein Strudel, durch den das Leid niemals ein Ende nimmt. Ein Wystbach nach deinen Vorstellungen wäre trotz all der Gutgläubigkeit und all der hoffnungsvollen Absichten immer noch ein Wystbach des Elends und der Aussichtslosigkeit. Du, Bankräuberin, lebst in deiner naiven Philosophie mit schrecklich realitätsfremden Vorstellungen. Denn die Welt hat das Zuhören bereits vor Langem verlernt. Viele Jahre lebe ich nun schon auf dieser Erde und in all der Zeit habe ich alles Erdenkliche probiert, um für Frieden und Eintracht zwischen der magischen und nicht-magischen Gemeinschaft zu sorgen. Leider musste ich dabei jedoch auch lernen, dass diese Prinzipien in unserer Welt inexistent sind und einzig das Wort der Faust einem noch Gehör verschaffen kann. Meine Methodik ist im Gegensatz zu deiner naiven Ignoranz nicht – wie du behauptest – die rachsüchtige Gewalt, sondern die simple Empathie. Eine Emotion, zu welcher du in deiner eingebildeten moralischen Rechtschaffenheit offensichtlich nicht fähig bist.«

Elyne schnaubte verächtlich und gab es endlich auf, dem Golem zu entkommen. »Oh, wirklich rührende Beweggründe, mit denen Ihr Euch hier brüstet, Magister, doch unglücklicherweise seid Ihr durch Euren endlosen Hass dabei den klaren Fakten gegenüber blind geworden. Vielleicht ist der Pazifismus für die Katz, doch aus Gewalt resultieren auch nur temporäre Ergebnisse. Selbstverständlich, die magische Gemeinschaft ist zahlreich in Wystbach – mehr als in allen anderen Ballungsräumen Menorias – und aufgrund ihrer übernatürlichen Begabungen sollte sie vereint die hiesige Regierung auch stürzen können. Aber was glaubt Ihr denn bitte, Magister, was wohl geschehen wird, wenn plötzlich Aufständische die Regenten der zweitgrößten Stadt der Föderation der Pax ermorden und aus eigener Initiative heraus ihre Unabhängigkeit erklären? Denkt Ihr etwa, die Regierung in

Zentron würde das gelassen hinnehmen und eine so wirtschaftlich und strategisch relevante Stadt einfach mit einem desinteressierten Schulterzucken aufgeben? Nein, Magister, nun seid Ihr schrecklich realitätsfremd. Kanzler Forell wird augenblicklich Soldaten in allen Ecken der Föderation mobilisieren und nach Solien schicken, um sich mit Gewalt Wystbach zurückzuerobern! Und gegen das gesamte Heer der Föderation der Pax hat die Kraft von etwas mehr als zweihundert Magiern nicht die geringste Chance. Eure Revolution wird scheitern und mit ihr wird die magische Gemeinschaft zugrunde gehen. Mit Eurer Denk- und Vorgehensweise werdet Ihr Euren Traum nicht verwirklichen können.«

»Mit was dann?!« Vor Zorn bebend schlug der Vampir kräftig auf die Tischplatte neben ihm, wodurch sein Weinglas von der Kante fiel, am Boden in tausend Einzelteile zersprang und den dunkelroten Inhalt langsam überall auf dem alten Teppich verteilte. »Sag es mir, Bankräuberin! Mit was dann?! Glaubst du etwa, ich und unzählige andere hätten alle anderen Wege nicht schon längst versucht? Wir haben zugehört, wir haben geredet, wir haben debattiert und wir haben gepredigt, doch zu was hat all das geführt? Genau … zu nichts! Der Hass ist nur weiter und weiter gewachsen, ebenso wie unser Leid. Oh, einst war ich einmal ein angesehener Aristokrat in der mächtigen Stadt Narvasto jenseits des Gebirges – gerecht in meinem Amt und verehrt von all meinen Untertanen. Nicht auch nur für einen einzigen Moment habe ich je irgendwem etwas zuleide getan. Doch weil ein paar selbstsüchtige Individuen meiner Art ihre Begabungen nutzten, um anderen Furcht und Schrecken einzujagen, machten plötzlich immer mehr überzeugte Zeloten Jagd auf mich, weshalb ich schließlich schweren Herzens die Flucht aus meiner eigenen Heimat ergreifen musste. Ohne Hab und Gut musste ich mich an Bord eines Dreimastschoners in einem stinkenden Sarg verbergen und darum beten, dass mich die Besatzung des Schiffes nicht entdecken würde, bis ich zum Schluss in Wystbach strandete. Auch hier baute ich mir über viele Jahre hinweg ein anständiges Leben als angesehener Magister auf, bis in diesen Ländern schließlich ebenfalls die Furcht vor dem Andersartigen überschwappte und ich mich erneut in die Unterwelt der Stadt flüchten musste, wo ich bis heute hause.« Er seufzte schweren Herzens. »Versteht ihr es denn nicht? Ich bin mit meiner Geduld und Toleranz am Ende! Alles in meiner Macht Stehende habe ich den Jahrhunderten meines friedfertigen Daseins getan, doch nun habe ich schlichtweg genug davon. Ich bin es leid, im Bildnis von Hammer und Nagel länger die Rolle des Nagels zu spielen. Ich bin es leid, weiterhin tatenlos das Elend meiner Gleichgesinnten zu erdulden. Ich bin es leid, für einen einzigen weiteren Tag unbehelligt Winterwein zu schlürfen, während die Welt um mich herum im Feuer der Ungerechtigkeit verbrennt. Und ich bin es verflucht noch einmal leid, allein wegen meiner Natur in den Augen jedes Lebewesens immer nur ein teuflisches und blutsaugenes Ungeheuer zu sein, von Gier und dämonischen Mächten getrieben, welches man um jeden Preis vernichten muss. Oh ja, ich bin es leid, für diese finstere Welt bis in alle Ewigkeit die Rolle von *Malum Incarnatum* zu füllen – dem personifizierten Bösen. Es muss jetzt etwas geschehen, ich kann einfach keinen Moment mehr mit Warten vergeuden. Die Revolution der magischen Gemeinschaft hat bereits begonnen – nun können weder du, Bankräuberin, noch ich sie mehr verhindern. Einzig ihr Ausgang steht noch offen, denn dieser liegt ab sofort in *deinen* Händen.«

Sein Blick fiel auf die stumme Mailo.

»Du, Janustri, wirst morgen Abend das Schicksal der magischen Gemeinschaft entscheiden. Du, wo du in deinem Leben auch so viel Hass und Verachtung erleben und dich Tag für Tag hinter fremden Fassaden verstecken musstest, wirst die Weichen unserer Zukunft legen. Wir beide wissen, die Janustri waren wie die Nosferati einst eine weit verbreitete Art, doch heutzutage bist du leider nur noch Teil einer Handvoll Überlebender. Siehst nicht du auch, dass die Realität dringend einen Umsturz braucht? Dass wir uns die Gerechtigkeit endlich erkämpfen müssen? Sag uns also, wie lautet deine Entscheidung. Tatenlose Ignoranz oder gewaltvoller Friede? Winterwein von Wystbach … oder Blut der Revolution?«

KAPITEL 5

Eine kleine Flamme leuchtete zischend in der Schwärze des dunklen Raumes auf. Sie schlängelte sich flackernd hin und her, verzweifelt im Kampf gegen eine kühle Brise, welche sie mit ihrem Hauch von allen Seiten ersticken wollte. Plötzlich überwand sie aber allen Widrigkeiten zum Trotz jenes erdrückende Gewicht, wand sich lodernd empor, stach in alle Richtungen aus und leuchtete hell wie ein Stern auf, sodass sie die kahl grauen Wände um sich herum in ein strahlendes Schimmern tauchte. Dann aber zog auf einmal ein weiterer kühler Luftstoß auf und die Flamme zerfiel im Bruchteil einer Sekunde in der unendlichen Dunkelheit.

Elyne seufzte. Sie schloss mit zusammengebissenen Zähnen ihre Handfläche, die noch immer die Wärme des kargen Feuers in sich trug. Dann wendete sie ihren Kopf, träge an die kalte Ziegelsteinwand gelehnt, und stierte starr auf die pechschwarzen Rußstreifen, welche die matten Stangen zu ihrer Linken überzogen. Vetikor war wirklich alles andere als ein törichter Mann, denn er hatte vorgesorgt, dass den Gitterstäben seiner Zellen auch die Pyromantie nichts anhaben konnte. Aus Langweile widmete Elyne sich wieder den Flammenspielen ihrer dreckigen Finger, doch bis auf ein paar kleine Funken brachte sie nun daraus nichts mehr hervor. Das Feuer war endgültig erloschen.

Plötzlich ertönte ein dumpfer Schlag weit über ihrem Kopfe und riss sie aus ihrer Trance, worauf der Klang zweier Stiefel vom Ende der Wendeltreppe hinab in den Kerker hallte. Mit einem brummenden Keuchen stapften jene zwei Stiefel Stufe für Stufe in die dunkle Tiefe, während sie, dem polterndem Hall nach zu urteilen, zwei schwere Beine und einen noch schwereren Körper in sich trugen. Elyne löste den Knoten ihres Schneidersitzes, erhob sich achtsam und legte ihre Handflächen mit den Fingerspitzen auf das eisige Metall der rußigen Gitterstäbe.

An den Fuß der Wendeltreppe trat schließlich eine Gestalt mit gesenktem Kopfe. Der von Vetikor bewusst bereitgestellte Mangel an Fackelausstattung machte es unmöglich, ihre genauen Züge zu erkennen. Doch obwohl sie auf anderes hoffte, brauchte Elyne diese nicht zu erblicken, um zu ahnen, was dort in dem Schatten lauerte. Würde sie nämlich nach den Wünschen ihrer Hoffnungen urteilen, würde sie dort nun ein junges Mädchen mit geflochtenen Haaren und ungewöhnlich strammer Körperhaltung erwarten, welches sie mit einem verschmitzten Lächeln angrinste. Doch die Rationalität ihres Verstandes wischte ihr leider mit einem kalten Lappen dieses Trugbild aus dem Geiste. Denn dort im Schatten stand kein kleines, unschuldiges Mädchen, sondern ein breit gebauter Mann mit rabenschwarzem, zerzaustem Haar und spitzem Ziegenbart.

»Ich fasse es einfach nicht«, seufzte sie und ließ von den Gitterstäben ab. »Du hast es wirklich getan.«

»Es tut mir leid«, dröhnte eine Stimme aus Regent Helirus Goebellins tiefem Rachen, deren Ton jedoch eher an den eines kleinen Kindes erinnerte, das seiner Mutter eine Missetat gestand. »Aber ich …«

»Ich kann es nicht fassen!«, fluchte Elyne, während sie mit beiden Händen auf dem Haarschopf in Kreisbewegungen durch ihre Zelle schlenderte. »Ewig lange habe ich auf dich eingeredet, Janustri, habe dir klar gemacht, was hier auf dem Spiel steht, doch du scheinst es immer noch nicht begriffen zu haben. Bist du dir überhaupt bewusst, welche Konsequenzen es mit sich bringen wird, wenn du ausführst, was du zu tun gedenkst? Welch fatale Folgen aus deiner Entscheidung resultieren werden?«

»Zu Einhundert Prozent.«

»Warum zur Hölle tust du es dann?!« Elyne hielt inne und starrte den Mann im Schatten mit aufgerissenen Augen an. »Wenn du dir über die Konsequenzen bewusst bist, warum dienst du dann immer noch Vetikors Willen? Wenn du genau weißt, was geschehen wird, wenn du das Tor von Schloss Hohenschwansee öffnest. Wenn du genau weißt, was geschehen wird, wenn die Revolution tatsächlich gelingt. Und wenn du genau weißt, was geschehen wird, wenn du

Wyonard das Leben nimmst. Wie kannst du mit dem Wissen über all das diesen Weg nur immer noch als den Rechten sehen?«

»Weil es keinen anderen gibt«, brummte die Gestalt im Schatten. »Egal, was wir doch letztendlich tun, am Ende verschlechtert die Situation sich für uns sowieso nur weiter. Ob wir nun versuchen, Vetikors Revolution zu vereiteln oder sie geschehen lassen. Sollte sein Plan jedoch gelingen, besteht für uns trotzdem die winzig kleine Chance, dass wir – über welchen Weg auch immer – unsere neue Regierung legitimieren können. Und für dieses mikroskopisch geringe Bisschen an Hoffnung lohnt es sich für mich, alles zu geben. Wir haben sowieso nichts mehr zu verlieren ...«

»Doch, das haben wir!«, fauchte Elyne, mit dem Kopf an die Gitterstäbe gedrückt. »Unsere Moral! Lass nicht zu, Janustri, dass sich das seit Jahren etablierende Bild über Unseresgleichen in der Gesellschaft vollständig manifestiert. Wenn wir nicht als *Malum Incarnatum* angesehen werden wollen, dann darf unser Handeln auch nicht diesem Bild entsprechen. Am heutigen Abend haben wir alles zu verlieren!«

Die Gestalt im Schatten legte ihre Kopf schräg. »Entschuldigung, aber warum sagst das gerade du? Warum denkst du wohl, dass die Stadtwache ihr nettes Pogrom auf dem Rebenbuckel veranstaltet hat, das schließlich zu mehreren Toten geführt hat? Etwa aus einem plötzlichen Geistesblitz heraus? Nein, sondern einzig weil eine wild gewordene Magierin kurz davor mit großem Trara eine Bank ausgeraubt und dabei eine Spur aus Chaos und Zerstörung in dieser Stadt hinterlassen hatte. Auch du hast Gewalt angewendet, um deine Vorstellungen zu realisieren und deine Ziele zu erreichen.«

»Ich hatte keine Alternative.« Elyne senkte den Kopf. »Ich musste es tun, in der Hoffnung, Vetikor damit stoppen zu können.«

Ein Stiefel trat aus dem Schatten hervor und brachte den breit gebauten Körper Regent Helirus Goebellins ins seichte Licht. Doch nun war es die Stimme Mailo Mahilos, die seinen Mund verließ. »Die magische Gemeinschaft hat auch keine Alternativen«, sprach er. »Wir können nicht weiter untätig sein, Elyne ... ich kann nicht weiter untätig sein.« Er suchte mit der Hand etwas in der Tasche seines braunen Gehrocks umher, bis er schließlich einen silbernen Ring mit schimmernden Granat daraus hervorzog und ihn vor das Gesicht der Magiern hielt. »Ich trage diesen Ring nun schon seit vielen Jahren mit mir. In der Regel spreche ich nie über seine Ursprungsgeschichte, aber zum Anlass des heutigen Tages will ich diese Regel brechen. Vor langer Zeit gab es da mal Jemanden, der mir außerordentlich am Herzen lag. Doch eines Tages, wie es natürlich kommen musste, stürmte die Militia Inquisitionis plötzlich aus dem Nichts mein Leben und zerstörte diesen Traum. Mir gelang schließlich die Flucht, doch sie nahmen mir diesen Jemanden, sodass ich ihn nie wieder zu Gesicht bekommen durfte. Das Einzige, was mir noch von ihm blieb, war dieser kleine Gegenstand hier.«

Mailo seufzte. »Bei unserem ersten Aufeinandertreffen meintest du zu mir, ich könnte als Janustri nicht verstehen, wie es ist, von Geburt an nur mit Hass betrachtet zu werden. Und du hattest Recht, ich würde es niemals verstehen. Ich habe in meinem bisherigen Leben nie den Hass meines Umfeldes erleiden müssen. Seit meiner Geburt habe ich immer nur die Gestalten anderer getragen und mich der Vorteile ihrer Körper bereichert. Ich habe als Männer und Frauen, als Bettler und Ritter, als Krüppel und Schönheiten gelebt. Ja, ich kenne es einzig, in der Haut eines anderen zu leben. Mit deren Makeln und deren Grazien. Deren Einschränkungen und deren Fähigkeiten. Deren Nasen, Augen, Mündern, Fingern, Knien und Zehen. Immer versteckt hinter einer aufgesetzten Fassade, denn nie in all den Jahren habe ich je meine eigene Erscheinung getragen. Niemals hat auch nur eine Person meine Hände berührt, in meine Augen geblickt oder meine Lippen geküsst. Nie darf ich wie Mailo Mahilo gehen, sprechen, sehen oder fühlen, denn jeden Tag aufs Neue laufe ich mit anderen Beinen, spreche ich mit anderer Stimme, sehe ich mit anderen Augen und fühle ich mit anderen Sinnen. Das Einzige, was für mich immer gleichbleibt und mir allzeit ein Gefühl der Behaglichkeit gibt, ist dieser kleine silberne Ring hier. Egal, welche Haut mich überzieht, er ruht immer dort in meiner Tasche und wenn ich ihn an welchen

Finger auch immer stecke, dann wird dieser Finger wenigstens ein bisschen zu meinem. Also nein, du hattest Recht, ich habe nicht den blassesten Schimmer davon, wie es ist, den Hass anderer auf mich zu spüren. Ich kenne nur die eigene Verachtung gegen mich selbst.«

»Mailo«, flüsterte Elyne. »Ich bitte dich, tu das nicht. Es gibt andere Möglichkeiten.«

Mailo Mahilo senkte den Kopf. »Es tut mir leid, Elyne, aber so muss es geschehen. Nicht nur Vetikor ist dieses Lebens überdrüssig, sondern auch ich. Ich habe es satt, mein wahres Ich länger verstecken zu müssen. Die Welt muss sich verändern. Heute Abend, dort auf der Gala im Schloss Hohenschwansee. Und ich werde der sein, der den ersten Schritt wagt.«

Die Sonne war bereits relativ tief gen Horizont gesunken und warf ein schon leicht orangenes Licht vorsichtig in den weiten Ballsaal. Der Sonnenuntergang stand kurz bevor.

Regent Helirus Goebellin stand in seinem braunen Gehrock in einer abgelegenen Ecke, während Mailo Mahilo stumm das Geschehen der zahlreichen Versammelten in ihren eleganten Kleidungen beobachtete. Da waren offenbar reiche Kaufleute, bekannte, doch Mailo gänzlich unbekannte Künstler und eine ganze Ansammlung von Politikern aus allerlei Parteien. Ein paar von ihnen hatte er schon einmal bei aufgebrachten Reden auf irgendwelchen Plätzen kurz vor irgendwelchen Wahlen gesehen, doch Namen konnte er keinem von ihnen zuordnen – ebenso wenig wie politische Ideologien. Dem einzigen dieser Männer, welchem er aber auf Anhieb sowohl Name als auch Partei hätte zuschreiben können, wäre jener alte Mann mit dem heraussehendem Bauch, vielschichtigem Kinn und der goldenen Halbmondbrille gewesen, welcher jedoch nirgendwo im Ballsaal des Schlosses Hohenschwansee ausfindig zu machen war. Er konnte aber auch nicht einfach fort sein.

Um sich von diesem Stress irgendwie ablenken zu können, suchte Mailo verzweifelt im Saal eine alternative Beschäftigung für ihn, welche jedoch unter keinen Umständen Konversationen mit anderen Gästen beinhalten durfte – und fand sie schließlich im Buffet. Sein Magen knurrte nun bereits den gesamten Abend wie ein tollwütiges Wiesel, wenn er also schon einmal die Gelegenheit dazu hatte, sich unter den reichsten Oligarchen Wystbachs zu befinden, würde es sicherlich nicht schaden, sich ein einziges Mal ihrer Völlerei anzuschließen.

Ohne viel Aufmerksamkeit auf sich zu ziehen, schlich er sich vorsichtig an der Wand des Ballsaales entlang und auf dessen andere Seite, wo ihm sofort beim Anblick der Ansammlung an verschiedensten Gaumenschmausen das Herz regelrecht im Brei des Hungers versank. Während er seinen Blick gierig über die unendlich gedeckte Tischreihe voller Vor-, Haupt- und Nachspeisen fliegen ließ, erkannte er Dunkenehrer Kirschtorten, Solische Speckfettkuchen, Krapfen, Prinz-Regenten-Torten, Kaiserschmarrn, Kaviar, Rouladen, Entenmuscheln, weißen Trüffel, Austern, schwarze Wassermelonen, roten Thun – und frisches Baguette! Ohne lange zu überlegen, riss er sich augenblicklich ein Stück des Brots mit den Händen ab und stopfte es sich gierig in den Mund. Dabei war es ihm so ziemlich egal, welche angewiderten Blicke er wohl auf sich ziehen mochte, er hatte einfach seit gefühlten Jahrzehnten kein frisches Weißbrot mehr gegessen. Als er den Batzen heruntergeschluckt hatte, stopfte er also gleich ohne Zögern ein weiteres Stück nach.

»Na, speist Ihr hier nun zur Feier Eures Erfolgs?«

Mit einem Mal flog ihm der Brei an Brot wieder aus dem Mund und tröpfelte in Stückchen eilig zurück in oder neben den Korb, während er vor Schock beinahe das Gleichgewicht verlor. Direkt hinter ihm hatte sich unbemerkt eine kleine Dame in kadmiumgrünem Gehrock herangeschlichen, aus deren Augen zu entnehmen war, dass sie Regent Goebellin am liebsten in einem zugenagelten Sarg nach Alskat verschiffen würde.

Mailo schluckte das übriggebliebene Brot in seinem Mund herunter und hob vornehm das Haupt. »Verzeihung, junge Dame, wer wart Ihr gleich nochmal?«

Der besagten *jungen Dame* mit dem mahagoniroten Lockenkopf fiel augenblicklich vor Entrüstung die Kinnlade herunter. »Bei den Göttern, Goebellin, Ihr müsst die Messlatte für die Respektlosigkeit mir gegenüber wirklich jedes Mal noch etwas höher setzen. Irgendwann wird schon noch der Tag kommen, an welchem Ihr den Namen *Rosa Rosenberg* nicht so einfach vergessen werdet! Sich diesen zu merken, sollte auch eigentlich keine allzu große Hürde sein, auch wenn ich von Euch natürlich nicht erwarten kann, von Alliterationen auch nur den geringsten Peil zu besitzen. Aber wie dem auch sei, ich hoffe sehr, dass Ihr nun zufrieden mit dem seid, was Ihr erreicht habt. Fünfzehn Tote, darunter elf der magischen Gemeinschaft und vier unserer eigenen Stadtwache. Die sogenannten *Durchsuchungen* auf dem Rebenbuckel, zu denen Ihr und Petrovit den werten Regent Wyonard gedrängt habt, sind in einem Massaker geendet. Hoffentlich entspricht diese gar so unerwartete Wendung der Ereignisse exakt Euren Plänen.«

Mailo hatte nicht die geringste Ahnung, was er darauf nun antworten sollte – beziehungsweise – er hatte nicht die geringste Ahnung, was Regent Helirus Goebellin nun darauf antworten würde. Bevor er sich also zu sehr in irgendwelche Komplikationen hineinplappern konnte, meinte er schließlich einfach nur schulterzuckend: »Ich tue einzig, was im besten Interesse der Bürger Wystbachs steht.«

Die junge Dame namens Rosa Rosenberg fauchte eingeschnappt. »Natürlich. Und ich bin Kanzlerin der Föderation der Pax! Nun gut, mit Euch zu reden, ist, als würde man versuchen, einen Fisch vom Fliegen zu überzeugen. Eines Tages werdet Ihr schon das Ergebnis Eurer eigenen Saat ernten und erkennen, wozu Euer Handeln ...«

»Wisst Ihr zufällig, wo Regent Wyonard gerade ist?«, unterbrach Mailo sie plötzlich.» ... Fräulein Rosenberg.« Mit jedem weiteren Wort, welches seine Lippen verließ, fiel ihm nur noch mehr auf, dass die Rolle eines vornehmen Regenten ihm überhaupt nicht lag. Er verstand es, einen provokanten Rüpel oder eine verängstigte Dirne zu spielen, aristokratische Manieren waren für ihn jedoch eine Fremdsprache.

Fräulein Rosenberg verzog irritiert das Gesicht. »Wyonard? Wieso bei allen Göttern wollt Ihr ... « Und mit einem Mal verfinsterte es sich wieder. »Also wirklich, was soll dieses ganze Spiel hier, Regent Goebellin? Erst tut Ihr so, als würdet Ihr mich nicht kennen, und jetzt wollt Ihr aus irgendeinem Grund mit Regent Wyonard sprechen. Was wollt Ihr von ihm? Etwa ihn von noch einem Pogrom überzeugen? Ach, einen schönen Abend noch, Regent Goebellin!« Sie warf ihm einen spitzen Gesichtsausdruck entgegen und stolzierte dann aufgesetzt selbstsicher in jene Ecke des Raumes, welche am meisten von ihm entfernt war.

Erst als sie sich endlich außer Sichtweite befand, atmete Mailo vor Erleichterung tief aus und warf seinen Blick wieder auf das Buffet. Um ehrlich zu sein, war ihm jetzt jedoch der Appetit nach Leckereien vollkommen vergangen.

Gerade wollte er sich also auf den Weg machen, eine andere Beschäftigung für sich zu suchen, da vernahm er plötzlich das Gefühl einer kleinen Hand auf seinem breiten Kreuz und eine krächzende Stimme näherte sich langsam seinem Ohr.

»Oh, was tut Ihr mir leid«, flüsterte die Stimme melancholisch, »dass Ihr Euch so mit diesem Mannsweib herumschlagen müsst, mein Bruder.«

Hinter Helirus Goebellins Schulter trat ein krummer Mann mit langgezogenem Gesicht hervor, in dessen Brusttasche ein violettes Einstecktuch magisch schimmerte, während die spitze Mitra auf seinem Haupt seinem untersetzten Körper geradeso zur Normalhöhe verhalf. Mailo brauchte ein paar Sekunden, dann erkannte er ihn jedoch sofort, da er ihn schon zahlreiche Male an aufgebrachten Sonntagen auf hohen Podien neben großen Anhäufungen von Brennholz gesehen hatte. Ja, es war Regent Benedikt Petrovit, Vorsitzender der Violetten Partei von Wystbach und treuer Anhänger der allseits geliebten Militia Inquisitionis.

»Womit hat dieses Gör Euch denn nun schon wieder belästigen müssen?«, fragte Petrovit und lugte mit zusammengezogenen Augenbrauen der jungen Politikerin nach. »Dieses vorlaute Mädchen hält sich wahrhaftig für die Kanzlerin der Föderation der

Pax, das sage ich Euch, mein Bruder. Denkt, sie könnte sich mit ihrem Rang alles erlauben.«

»Ja«, gab Mailo ihm kurz und bündig in viel zu hoher Stimmlage Recht. »Schrecklich vorlautes Gör ... diese ... Dame.« Er zögerte für einen Moment, fasste sich, spannte dann augenblicklich die Muskeln seines schroffen Gesichtes an und lockerte seine Stimmbänder. »Hat mir Vorwürfe wegen des Vorfalls auf dem Rebenbuckel gemacht«, brummte Regent Helirus Goebellin in seinem gewohnt tiefen Ton. »Vorlautes Gör.«

Regent Petrovit lachte zurückhaltend und klopfte seinem Kollegen einige Male auf die Schulter. »In der Tat, in der Tat. Vorwürfe würde ich das aber keinesfalls nennen, mein Bruder. Vielmehr ... Glückwünsche zu einem gelungenen Plan. Ich sage Euch, wenn wir weiter genau auf diese Weise Druck auf Regent Wyonard machen, wird er noch weitere unweise Entscheidungen dieser Art treffen. Und irgendwann dann, wenn sich die Krisen und die Zwietracht weit genug angestaut haben und der alte Mann deswegen tief genug im Dreck steckt, können wir ihn ohne weitere Umschweife und wahrscheinlich auch noch unter Applaus beseitigen. Wir haben genügend Verbündete und Miteiferer, sowohl im Volk als auch in der Regierung, Wyonard und seine vehementen Bemühungen sind das Einzige, was uns noch im Wege stehen, bis wir die magische Gemeinschaft endlich ein für alle Mal vom Angesicht dieser Stadt fegen können. Sobald er von der Bildfläche verschwunden ist, werden wir ein Wystbach schaffen können, das frei von dieser Blasphemie und Perversion ist. Dafür lohnt es sich zu streiten!«

Für einen Moment regte Goebellin sich nicht. »In der Tat ...«, murmelte er schließlich. »Aber ... meint Ihr wirklich – also, rein aus Interesse – dass Wyonard das Einzige ist, was unseren Plänen noch im Weg steht? Ich meine, seine Politik besteht immerhin größtenteils nur aus Passivität. Nur durch sein beschränktes Handeln hat die ... *unsere* Militia Inquisitionis überhaupt die Macht und den Einfluss erreicht, die sie heute besitzt.«

Petrovit hob den Kopf und zog seine buschigen Augenbrauen so eng zusammen, dass sie sich beinahe berührten. »Ihr macht wohl Witze, oder? Seit Jahren ist es doch jedes Mal allein Wyonard, der sein Veto dafür nutzt, immer und immer wieder all unsere Reformen zu blockieren. Ob es nun um verschärfte Maßnahmen zur Lokalisierung und Sanktionierung magischer Individuen oder auch weitreichendere Justizautoritäten für die Militia Inquisitionis geht. Bei allen anderen Angelegenheiten mag er vielleicht einer Pusteblume im Frühlingswind gleichen, wenn es aber um die magische Gemeinschaft geht, ist der alte Mann ein Fels in der Brandung, der jeden noch so starken Orkan aufhalten kann. Ich verstehe bis heute nicht, warum er gerade für dieses Thema solch eine Berufung verspürt, aber um ehrlich zu sein, kann ich einiges bei ihm nicht nachvollziehen.«

Mailo rieb sich grübelnd Regent Goebellins kantiges Kinn. »Darüber war ich mir noch nie bewusst …«, meinte er ins Leere starrend. »Aber wie dem auch sein. Wenn wir gerade schon von ihm sprechen, habt Ihr Wyonard heute schon irgendwo gesehen?«

Petrovit fuhr sich einige Male mit seiner Handfläche über seine krummen Lippen. »Gute Frage, mein Bruder. Tatsächlich habe ich ihn am heutigen Abend auch noch nicht gesehen. Aber Ihr kennt Wyonard ja, das alte Übergewicht ist in der Regel kein wirklicher Genießer großer Ansammlungen oder Feten. Höchstwahrscheinlich rollt er gerade oben allein irgendwo in den verlassenen Hallen rum und starrt verträumt aus den Fenstern – so wie er es immer tut, wenn er irgendwo erwartet wird.« Er klopfte Goebellin kräftig auf die Brust. »Aber lasst uns an diesem Abend nicht zu viele Gedanken an den bald schon vergangenen Bürgermeister verlieren. In dieser Nacht dürfen wir nicht nur die tausendjährige Geschichte unserer Stadt, sondern auch eine tausendjährige Zukunft der Reinheit zelebrieren. Nehmt Euch etwas zum Trinken, mein Freund, und lasst uns etwas feiern!«

»Danke«, brummte Helirus Goebellin unberührt. »Ich werde es in Betracht ziehen.«

Ein weiterer Klopfer auf die Brust des breit gebauten Regenten und einen Moment später war auch Benedikt Petrovit endlich wieder verschwunden und kehrte zurück in die Masse aus Politikern und anderen wichtigen Persönlichkeiten, bis man ihn schließlich nirgendwo in der Ansammlung mehr identifizieren konnte.

Nach einem Moment der Reglosigkeit steckte Mailo die Hand in die Manteltasche und zog seinen Ring daraus hervor. Er öffnete die Faust und betrachtete das silberne Schmuckstück in der breiten Handfläche. Mit großem Erstaunen stellte er jedoch fest, dass die Farbe des Granats sich verändert hatte. Was früher immer ein klares Rot gewesen war, wirkte nun hier im Licht aus unerklärlichem Grunde etwas grünlich, sodass er es einfach keiner der beiden Farben klar zuordnen konnte. Ohne sich unnötig viele Gedanken darüber zu machen, steckte er ihn sich einfach eilig an den Finger, doch auch hier verlief nicht alles wie gewohnt. Anstatt nämlich unten vor dem Knöchel an seinem rechtmäßigen Platz zu landen, schaffte das silberne Schmuckstück es nicht einmal über die Fingerkuppe. Der Finger Goebellins war einfach zu dick, sein alter Ring passte ihm nicht mehr.

Mailo Mahilo seufzte und starrte reglos auf den blank geputzten Boden des Ballsaales. Hinein in das sich darin widerspiegelnde Gesicht Regent Helirus Goebellins, dem Vorsitzenden der Roten Partei Wystbachs, dem Mitbegründer der Militia Inquisitionis und dem Hauptverschwörer im baldigen Sturz des Bürgermeisters. Ein Umsturz, welcher diese Stadt für immer verändern sollte. Langsam fuhr Goebellin sich resigniert über seine behaarte Backe, während der Janustri Mailo Mahilo sich dabei ertappte, wie seine Hand simultan das Gleiche tat. Er blickte tief hinein in die zwei dunklen Augen und zurück starrten die Pupillen ebendieser selben Augen.

Ein langer und tiefer Atemzug verließ die breiten Nasenflügel Regent Helirus Goebellins, dann rückte er seinen dunkelbraunen Gehrock zurecht und stolzierte zielstrebig aus dem erdrückend vollgefüllten Ballsaal. Im verlassenen Flur angekommen, passierte er ohne Zögern die Wendeltreppe ins Obergeschoss und lief geradewegs die Stufen ins Untergeschoss hinab, während im

Dachfenster über ihm die letzten roten Strahlen des Abendhimmels vom Schwarz der Nacht verschlungen wurden. Mit einem dumpfen Klang kündigten alle Glocken Wystbachs die achtzehnte Stunde des Tages an.

»Winterwein, oh Winterwein,
nun ist Wystbach endlich mein«,
sprach das böse Monsterlein,
gierig, grausam und gemein.

»Ein Pestling lebt schon lang in dieser Stadt
und frisst sich wüst an unsren Seelen satt!
Genug! Genug! Genug!
Denn nun sind wir am Zug!«

»Seid ihr nicht Unsergleichen,
so werdet ihr nun Leichen!«
»Seid ihr nicht recht, seid ihr nicht gut«,
vergießen wir nun euer Blut!«

»Was ist hier los?«, fragte der Offizier mit der zitternder Muskete den Regenten, als dieser ihn im Burghof des Schlosses passierte, hinter ihm der Rest Burgwache.

Helirus Goebellin hob das haarige Haupt und spitzte seine großen Ohren, sodass er endlich das laute Krachen und Geschrei vernehmen konnte, das nun im Gleichklang mit dem Knistern feuriger Schwaden von hinter der Burgmauer her die Nacht erfüllte. »Der Klang der Veränderung«, gab er mit einem tiefen Schnaufen zurück.

Der Offizier wechselte irritierte Blicke mit seinen Kameraden. »Steht uns etwa ein Angriff auf Schloss Hohenschwansee bevor? Wie lauten Eure Befehle, Regent Goebellin?«

Der Regent ignorierte ihn für einige Sekunden und betrachtete das hoch aufragende Pförtnerhaus zu seiner Rechten, dann schenkte er dem Offizier jedoch endlich seine Aufmerksamkeit. »Was ist das für eine Frage?«, brummte er zornig. »Denkt Ihr etwa, der Krach da draußen ist eine freudige Fete zur eintausend Jahr Feier? In Formation, Männer! In kleinen Gruppen an den Nord-, Ost- und Südmauern verteilen und auf weitere Befehle von mir warten! Verstanden? Niemand feuert auch nur einen Musketen-Schuss ohne meinen Befehl ab! Ich kümmere mich mit einem persönlichen Kommando um die Westmauern und das Haupttor. Abtreten!«

»Aber, mein werter Herr ...«, widersprach der Offizier sogleich. »Wenn der Angriff von der Stadt her erfolgt, dann sollten wir doch unsere gesamte Stärke auf das Haupttor und die Westmauern konzentrieren. Niemand wird Schloss Hohenschwansee vom Meer aus angrei ...«

»Habe ich mich etwa nicht klar ausgedrückt?!«, spuckte Goebellin ihn tosend an. »Das war soeben der Befehl eines hochrangigen Regenten des Stadtrates. Ausführen und abtreten!«

Während die Soldaten der Wache sich in alle Richtungen zerstreuten, stapfte Helirus Goebellin weiter entschlossen durch den Burghof, direkt vor ihm die dicken Mauern des Pförtnerhauses. Die überraschte Wache an der Eingangstür, welche seinen vorherigen Befehl wohl nicht mitbekommen hatte, bekam eine schwere Faust in ihr erschrockenes Gesicht, bevor sie ihre Waffe zücken konnte – ihr Kollege hingegen kam noch rechtzeitig dazu, zielte mit seiner Muskete auf den langhaarigen Eindringling, war im Inbegriff abzudrücken und wurde mit einem Tritt in die Magengegend gegen die Innenwand des Raumes geschleudert.

Goebellin schlug die Tür hinter sich in ihre Angeln, verriegelte sie sicher mit einem eisernen Speer und widmete sich dann dem Armaturenbrett mit den zwei stämmigen Hebeln. Mit einigen forschenden Blicken untersuchte er sie von vorne bis hinten eilig nach den jeweiligen Farbmarkierungen. Vetikor hatte ihm klargemacht, dass er unter keinen Umständen den grünen Hebel umlegen durfte, da er damit das Fallgatter schloss, welches er allein nicht mehr hochziehen konnte. Doch als er schließlich die farbigen Markierungen ausfindig gemacht hatte, fiel ihm mit Entsetzen auf, dass beide Hebel nun rot auf ihn wirkten. Ja, egal, wie sehr er sich auch anstrengte, keinen davon konnte er als jenen grünen identifizieren, welchen er nicht umlegen durfte. Das konnte doch nicht die Realität sein!

Und dann kam es ihm. Wie bei seinem Ring mit dem roten Granat, der plötzlich grün geschimmert hatte. Es konnte einfach nicht die Wahrheit sein. Regent Helirus Goebellin war farbenblind!

Verzweifelt stützte er sich mit beiden Händen auf dem Armaturenbrett ab, schüttelte bitter den Kopf und starrte schließlich auf den klaffenden Abgrund zwischen dem Burgtor und der Brücke von Zanbar hinab. Jeden Moment würde es so weit sein. Er konnte bereits das tosende Gebrüll der anmarschierenden Meute von den Gebäuden der Stadt her hören. Gerade lieferten sie sich wohl noch Gefechte mit Truppen der Stadtwache und der Militia Inquisitionis, doch schon bald würden sie ihren Fokus auf die gigantische weiße Burg am Horizont richten. Sobald der Erste von ihnen einen Fuß auf die Brücke zum Schloss setzen würde, musste er die Zugbrücke herunterlassen, doch wenn er stattdessen nun den falschen Hebel umlegte, würde er ihnen unumkehrbar den Weg unpassierbar machen. Welcher zur Hölle war also der richtige?

»Helirus?«

Blitzschnell ließen seine Finger vom Armaturenbrett ab, fuhren zu einer der bewusstlosen Wachen am Boden und umklammerten den Griff eines langen Messers an ihrem Gürtel.

In der Dunkelheit einer der Ecken des Raumes erkannte er geradeso die rundliche Silhouette einer mittelgroß gebauten Gestalt. Langsam wanderte eine Hand mit dicken Stummelfingern in beschwichtigender Geste aus dem Schatten hervor, gleich danach vom Ärmel eines schwarzen Gehrocks gefolgt. Goebellin seufzte schweren Herzens in sich hinein, als dem darauf auch der Rest des pummelig gebauten Oberkörpers mit dem weißen Einstecktuch in der dicken Brust folgte und schließlich ein fast kahles Haupt mit kreisrundem Doppelkinn ins Licht trat. Auf der knolligen Nase der Gestalt schimmerte eine goldene Halbmondbrille.

»Was bei allen Göttern tut Ihr hier?«, fragte Regent Randolph Wyonard mit entsetztem Ausdruck in seinen eingefallenen Kulleraugen.

»Geht«, knurrte Goebellin sofort, während er mit größter Mühe versuchte, das Messer in seiner Hand ruhig zu halten. Egal, welche Geschichte diese Klinge bereits hinter sich haben oder was ihre Zukunft noch bergen mochte, das Blut des Bürgermeisters von Wystbach sollte kein Teil davon sein. »Geht. Sofort.«

Wyonard blickte vorsichtig auf die Waffe, dann entspannten seine Gesichtszüge sich plötzlich sachte. »Du bist nicht Helirus«, sagte er ruhigen Tones und hob ganz langsam beide Hände in die Luft. »Nein, das bist du nicht. Ich kenne Helirus Goebellin. Ich weiß, wie er spricht, wie er gestikuliert und ... wie er agiert. Doch bei dir ist all das anders. Ja, du bist jemand anderes. Darf ich fragen, mein Freund, wie dein richtiger Name lautet?«

»Verschwindet«, gab sein Gegenüber mit dem Messer knapp zurück. »Ich bitte Euch. Mit Euch habe ich nichts zu tun.«

»Ich will dich auch nicht zu irgendetwas verleiten, was du nicht von ganzem Herzen aus tun willst«, sprach Wyonard, aus irgendeinem Grund ohne den leisesten Hauch von Beunruhigung in Stimme oder Mimik. »Ich will nur wissen, ob ich dir, mein Freund, irgendwie und in irgendeiner Form helfen kann.«

Die Gestalt mit dem Messer gab keine Antwort von sich.

Regent Wyonard lugte vorsichtig aus dem Fenster und erkannte die Masse an rot flackernden Punkten, welche sich dem Pförtnerhaus immer weiter näherten. Er seufzte tief. »Oh, ich ahne, was hier vor sich geht. Dies ist keine Invasion der Schneekrieger oder Plünderung durch Oger, oh nein, es ist eine Revolte. Ein Aufstand einer Bevölkerungsschicht meiner eigenen Stadt – einer Gemeinschaft, die sonst immer in der Dunkelheit hat leben müssen, sich nun jedoch ans Licht wagt. Habe ich Recht?«

»Ich bitte Euch«, wiederholte die Person mit der Gestalt Helirus Goebellins scharf. »Ihr müsst kein Opfer davon sein. Ihr dürft es nicht sein. Noch habt Ihr Zeit. Ihr könnt einfach davonlaufen.«

»Davonlaufen?«, fragte Wyonard irritiert. »Ich bin Bürgermeister dieser Stadt, mein Freund, für mich gibt es nichts zum Davonlaufen. Mein Platz ist einzig hier, an diesem Ort, in diesem Moment. Mit dir. Und dem, was dort draußen vor den Toren nun gerade eben vor sich geht. Der Aufstand der magischen Gemeinschaft – jenem Volk, welches seit langem unsägliches Leid hat erdulden müssen und nun endlich für seine legitimen Rechte einstehen möchte. Welches Gerechtigkeit fordert, für Jahrhunderte an Ungerechtigkeit.« Er zögerte einen Moment. »Darf ich dir eine kleine Geschichte erzählen, mein Freund?«

Die Person ihm gegenüber hielt ein paar Sekunden inne, dann nickte sie jedoch sachte.

»Ich danke dir.« Der Regent von Wystbach deutete eine untergebene Verbeugung an. »Um ehrlich zu sein, mein Freund, diese Geschichte habe ich noch nie zuvor einer anderen Person erzählt, da mir die Erinnerungen, die ich damit verbinde, immer noch tiefen Schmerz bereiten. Du bist damit die erste Person, der ich das jemals anvertraue.« Für ein paar tiefe Atemzüge verschloss er seine dicken Augenlider. »Nun gut … Als ich vor vielen Jahren in dieser Stadt hier studierte, traf ich eines wunderbaren Tages auf eine junge Dame, in die ich mich auf den ersten Blick sogleich Hals über Kopf verliebte. Eleanor war ihr Name … ja, ein wunderschöner Name.« Er grinste ein wenig verträumt, als er in diesen alten Erinnerungen schwelgte. »Wir beide waren wie füreinander geschaffen, glichen uns in all unseren Interessen und konnten uns über jedes noch unbedeutende Thema unterhalten. Dass sie doch Geheimnisse vor mir hatte, erfuhr ich erst am Tag vor unserer Hochzeit, als Männer einer Vorgängerorganisation der Militia Inquisitionis plötzlich mein Haus stürmten, meine liebe Eleanor der Hexerei bezichtigen, sie an einen Pfahl banden und das Holz zu ihren Füßen in Brand setzten. An diesem Tag, an dem ich mitansehen musste, wie meine Verlobte grausam auf dem

Scheiterhaufen ermordet wurde, schwor ich mir, bis an mein Lebensende den Hass gegen die magische Gemeinschaft und alle anderen unterdrückten Minderheiten zu bekämpfen. Ich kann mir vorstellen, dass dir, mein Freund, ebenso Geliebte auf die gleiche Art genommen wurden, wie es mir widerfahren ist – und das wahrscheinlich auch noch im weitaus größeren Ausmaß. Dafür spreche dir mein höchstes Beileid aus. Ebenso wie ich dir meine vollständige Unterstützung im Kampf für die Freiheit der magischen Gemeinschaft verspreche. Ja, ich werde kämpfen, bis der letzte Atemzug meine Lungen verlassen hat, weil es das Richtige ist. Das da draußen jedoch ...« Er nickte auf das Fenster neben Mailo, durch welches das Gebrüll der draußen randalierenden Aufständischen ertönte. »Das kann nicht das Richtige sein.« Wyonard senkte betrübt das runde Haupt. »Doch wer bin ich überhaupt, hier zu urteilen? Ich selbst bin schuld daran, dass es überhaupt so weit gekommen ist. Ich bin Bürgermeister dieser Stadt, doch bin ich den Pflichten meines Amtes nicht genug nachgegangen und war dazu schrecklich naiv, denn ich allein habe die Durchsuchungen auf dem Rebenbuckel beordert. Von Anfang an habe ich geahnt, dass die Lage eskalieren würde, doch ich habe es nicht aufgehalten. Ich war ein schrecklicher Narr, mein Freund, und bitte dich dafür in tiefster Reue um Vergebung.«

Nein ... Nein, so war es einfach nicht richtig. Wyonard hatte vielleicht den Befehl für die Durchsuchungen erteilt, aber für die Eskalation der Lage, für den Angriff der Soldaten der Stadtwache, traf ihn keine Schuld. Der Regent hatte lediglich eine gewaltlose Untersuchung zur Sicherung des Stadtfriedens befohlen, alles im besten Interesse aller Bürger Wystbachs. Nicht er war es gewesen, der unten in dem Keller lautstark *Nieder mit den Unterdrückern!* gebrüllt hatte, wodurch die Stadtwache sich zur Verteidigung gezwungen gesehen hatte. Nein, das waren weder Wyonard noch Elyne mit ihrem Bankraub gewesen, sondern einzig jenes rücksichtslose Individuum, das sein Wohl und sein Überleben über das seiner Gleichgesinnten gestellt hatte. Jener Janustri, der seine eigene Art für lebenswerter als die der anderen magischen Wesen gehalten hatte. Nein, Wyonard traf bei dem Massaker der Magier auf dem Rebenbuckel keinerlei Schuld. Es gab nur einen einzigen Schuldigen.

Mit einem dumpfen Klirren landete die Klinge auf dem grauen Pflasterstein. Mailos Hände zitterten. Langsam rieb er sie aneinander, als würde er damit die Schande des Messergriffs irgendwie von sich reinigen können.

»Nein, Regent Wyonard«, sprach er und hob den Kopf an, sodass er direkt in die zwei Gläser der goldenen Halbmondbrille blickte. »Euch trifft keinerlei Schuld bei dem Massaker auf dem Rebenbuckel. Ihr dürft dafür nicht die Verantwortung tragen, denn Ihr seid das Einzige, was die magische Gemeinschaft dieser Stadt noch vor der vollständigen Ausrottung schützt. Bitte, führt Euren Kampf weiter, denn es ist das einzig Richtige. Und verzeiht mir bitte.«

Mailo Mahilo wandte sich langsam von dem alten Regenten ab, doch gerade als er den Raum verlassen wollte, hielt er noch einmal für einen Moment inne und warf einen Blick aus dem Fenster. Unten, am Rande der Brücke von Zanbar, hatte sich eine Masse an Gestalten versammelt, die allesamt erwartungsvoll auf Schloss Hohenschwansee starrten. Ein jeder von ihnen hoffte darauf, dass sich jeden Moment die Zugbrücke senken würde, genau so wie man es ihnen mit großen Worten versprochen hatte. Nur würden sie nicht erhalten, was man ihnen versprochen hatte, nichts von alledem – zumindest nicht an diesem Abend. Nein, Mailo Mahilo wandte sich stattdessen von der hoffnungsvollen Meute ab und verließ langsamen Schrittes den Raum.

Winterwein von Wystbach!
Hoffnung in den Herzen,
das Ende aller Schmerzen.
Kämpfen, ringen, kriegen!
Bluten, fallen, ...
sterben.

»Winterwein, oh Winterwein,
nun ist Wystbach endlich mein«,
sprach das böse Monsterlein,
gierig, grausam und gemein.

EPILOG

»Er ist zu spät«, beschwerte Rosa Rosenberg sich und verschränkte ihre kurzen Arme vor ihrem kadmiumgrünen Gehrock. »Dies ist eine wichtige Sitzung und er hält es offensichtlich nicht für angebracht, pünktlich zu erscheinen. Das ist ja nun wirklich allerhand!«

»Er wird kommen«, fiel Regent Benedikt Petrovit ihr scharf ins Wort und rückte seine Mitra zurecht. »Es gibt derzeit einige Angelegenheiten, denen wir Regenten uns widmen müssen. Aber davon werdet Ihr ja nichts verstehen, Fräulein Rosenberg.«

Rosa Rosenberg funkelte ihn böse an. »Oh, natürlich! Die Stadt muss ja nach dem Chaos der jüngsten Ereignisse wieder aufgeräumt werden. Oder um Eure Wortwahl zu verwenden, Regent Petrovit, sie muss *gesäubert* werden.«

Gerade wollte sie ein aufgebrachtes Schnauben von sich geben, da legte eine schwere Hand sich plötzlich vorsichtig auf ihre kleine Schulter. Schnell schnallte der Kopf der jungen Dame herum und starrte in zwei eingefallene Augen hinter zwei goldenen Halbmondgläsern.

»Immer mit der Ruhe, meine liebe Rosamund«, sprach Regent Randolph Wyonard beschwichtigend und nahm seine Hand wieder von ihrer Schulter. »Regent Petrovit hat Recht, es gibt nun mehr als nur einige Angelegenheiten, denen wir uns hier in diesem Stadtrat widmen müssen. Keine Sorge, er wird kommen.«

Petrovit trommelte mit seinen schmalen Fingern etwas auf der Tischplatte umher und starrte einige Male erwartungsvoll auf die große Eingangstür des Raumes. »Dennoch wirkt das Ganze auf mich merkwürdig, Regent Wyonard«, bemerkte er mit hochgezogener Augenbraue. »Ich habe ihn seit der Gala nicht mehr zu Gesicht bekommen. Was treibt er denn den ganzen Tag in solch brenzlichen Zeiten?«

Der Bürgermeister von Wystbach lächelte breit. »Wie Ihr es selbst sagtet, mein werter Herr, er hat sich derzeit um viele Angelegenheiten zu kümmern. Doch macht Euch keine Sorgen, er sollte jede Sekunde hier angekommen.«

Just in dem Moment klickte es am anderen Ende des Saales, worauf die große Flügeltüre mit einem heftigen Schwung aufgestoßen wurde und für die drei Wartenden den Blick auf eine heranmarschierende Gestalt frei gab. Sie reckte für einen Moment ihren Kopf einmal nach rechts und einmal nach links und steckte sich schließlich rasch etwas an ihren Finger. Dann strich sie sich das schulterlange schwarze Haare aus dem Gesicht und fuhr einmal über ihren spitzen Ziegenbart, bevor sie endlich den Raum betrat.

»Meine werten Herren, meine werte Dame«, sprach Regent Helirus Goebellin und verneigte sich. »Verzeiht mir bitte mein Zuspätkommen, doch wir sollten jetzt auch keine Zeit mehr mit abschweifenden Entschuldigungen verschwenden. Es ist einiges in dieser Stadt passiert und um derartige Vorkommnisse in der Zukunft vermeiden zu können, gibt es für uns vier eine Menge an Arbeit zu erledigen. Wir sollten also besser gleich damit beginnen.« Eilig nahm der Regent der Roten Partei auf seinem Stuhl Platz.

Regent Wyonard hieß ihn mit einer Kopfneigung willkommen und schob dann vorsichtig ein halb gefülltes Weinglas in seine Richtung. »Etwas Winterwein, mein Herr?«, fragte er freundlich.

Sein Kollege nickte dankend und nahm das Glas entgegen, um einen leichten Schluck daraus zu trinken. Und während er das tat, erkannten Regent Benedikt Petrovit und Rosa Rosenberg überrascht einen sonderbaren Gegenstand an einem seiner Finger. Einen silbernen Ring, in dessen Fassung ein roter Granat magisch schimmerte.

ENDE

Für eine detailreichere Karte der Welt
& weitere Hintergrundinformationen

Einfach diesen QR-Code einscannen
oder
folgenden Link im Browser eingeben:

https://lmr.rimmel.biz/

DANKSAGUNG

Auch wenn diese Novelle weniger Seiten als mein erstes Buch zählen mag, kam sie dennoch nicht nur durch mein Handeln zustande, sondern auch durch die freundlichen Beiträge anderer, die mir mit ihrer Zeit, ihren Ratschlägen und Rückmeldungen bei der Veröffentlichung dieser Geschichte halfen. Deswegen …

- Vielen Dank an **Tobias Kolbinger** für das wieder einmal wunderbar gestaltete Titelbild.

- Vielen Dank an all meine freundlichen Testleser für ihre hilfreichen Rückmeldungen und vereinzelten Beratschlagungen bei allerlei Problemen:

    o **Korbinian Rauh**
    o **Albert Rimmel**
    o **Regula Haberl**
    o **Patrick Probst**
    o **Maximilian Syssoev**

- Und natürlich vielen Dank an jeden, der es einmal wieder bis zu dieser Seite hier geschafft hat.

»Auch das schlechteste Buch hat seine gute Seite:
die letzte!«

John James Osborne